刘亮程
作 品

*The Heart
is the Farthest
Wasteland*

心地才是最远的荒地

刘亮程 —— 著

图书在版编目（CIP）数据

心地才是最远的荒地 / 刘亮程著. -- 成都：天地出版社, 2025. 1. -- ISBN 978-7-5455-8563-6

Ⅰ. I217.2

中国国家版本馆CIP数据核字第20243WN936号

XINDI CAI SHI ZUI YUAN DE HUANGDI

心地才是最远的荒地

出 品 人	杨　政
作　　者	刘亮程
责任编辑	孙若琦
责任校对	杨金原
封面设计	日尧 BRILLIANCE
内文排版	焕　之
责任印制	王学锋

出版发行	天地出版社
	（成都市锦江区三色路238号　邮政编码：610023）
	（北京市方庄芳群园3区3号　邮政编码：100078）
网　　址	http://www.tiandiph.com
电子邮箱	tianditg@163.com
经　　销	新华文轩出版传媒股份有限公司

印　　刷	北京天宇万达印刷有限公司
版　　次	2025年1月第1版
印　　次	2025年1月第1次印刷
开　　本	880mm×1230mm　1/32
印　　张	7.25
字　　数	151千字
定　　价	58.00元
书　　号	ISBN 978-7-5455-8563-6

版权所有◆违者必究

咨询电话：(028) 86361282（总编室）
购书热线：(010) 67693207（营销中心）

如有印装错误，请与本社联系调换。

我们的肉体可以跟随时间
身不由己地进入现代，
而精神和心灵
却有它自己的栖居年代。
我们无法迁移它。
在我们漫长一生
不经意的某一时期，
心灵停留住不走了，定居了，
往前走的只是躯体。

目录

第一部分：谈谈文学与家乡

大地上的家乡	002
乡村是我们的老家	018
树叶与尘土之间	040
把地上的事往天上聊	048
文学是做梦的艺术	057
闲事亦可惊心动魄	069
当你站在新疆看中国	090
那个让我飞起来的梦	095
用文学艺术的力量改变一个村庄	100
对一个村庄的认识	110
——答诗人北野问	
文学：一个人的自言自语	123
——南师大附中学生对话作家刘亮程	
小说家也是捎话人	131
——《捎话》后记	
在一棵树下慢慢变老	134
——刘亮程访谈录	
寒风吹彻，现世温暖	163

铁匠已经打完最后的驴掌　　　　　　170
　　　　——《最后的铁匠》创作谈
一个人的时间简史　　　　　　　　　173
　　　　——从《一个人的村庄》到《本巴》

第二部分：木垒书院随笔

一张醒来的脸　　　　　　　　　　　194
　　　　——北京798"大地生长艺术展"前言
每个字都孤悬如梦　　　　　　　　　197
　　　　——漫谈书法
和草一起长老　　　　　　　　　　　200
　　　　——木垒书院西部写作营开班致辞
一只像作家的狗　　　　　　　　　　203
　　　　——散文研讨会发言
等太阳从西边升起　　　　　　　　　206
　　　　——《散文选刊》刊首语
读博尔赫斯　　　　　　　　　　　　209
一本书回到家乡　　　　　　　　　　212
夜已经深了　　　　　　　　　　　　215
　　　　——嵩山十方参学木垒书院记

当我在那个陌生城市的街道上，遥想落日余晖中的家乡时，就像想起了一场梦。我知道，那个尘土草木中的家乡，已远在时间外，又近在心灵中。我能触摸到她了。

第一部分

谈谈文学与家乡

大地上的
家乡

一

二十七年前的一个秋天，我辞去沙湾县城郊乡农机管理员的工作，孤身一人到乌鲁木齐打工。在这之前，我是一个闲散的乡村诗人，我用诗歌呈现自己内心的想象和情感。除诗之外，不屑于其他任何文体。我觉得诗歌那一句摞一句可以垒到天上的诗句，是一种形式也是仪式，它太适合盛放一个乡村青年的孤傲内心。可是，我的诗歌写作到乌鲁木齐打工后便终结了，我放下一个诗人的架子改写散文。

现在回想起来，我的第一本散文集《一个人的村庄》的写作契机，或许就是我在乌鲁木齐打工期间的某个黄昏，我奔波在这座陌生城市的街道上，一扭头，看见了落向天边的夕阳，那个硕大的、跃过城市落到地平线上的夕阳，它正落向我的家乡。因为我的家乡沙湾县在乌鲁木齐西边。那缓缓西沉的太阳,像一张走远的脸,蓦然回转,我被它看见,看得泪流满面。

那一刻,我知道每个黄昏的太阳,其实都落在我的家乡。那里的弯曲道路、土墙房屋,以及鸡鸣狗吠的声音,孩子哭喊的声音,牛哞马嘶的声音,都被落日照亮,一片辉煌。那个被我扔在远处的家乡,让我从小长到青年的遥远村庄,在一个午后的夕照中,被我看见,我开始写它。那样的写作如有天启,我几乎不用去想如何写,村庄事物熟透于心,无论我从哪一年哪一件事写起,我都会写尽村庄的一切。

那么,这本书究竟写了什么,这样一个扔在大地边沿,几乎没有颜色,甚至没有多少故事的村庄,能写出什么。

我没有去写这个村庄的四季劳作,没有去写乡村的风俗文化,也没有写数百年或者数十年来村庄的遭遇和变迁。当我着手写作时,我觉得这个村庄的农耕生活,它跟中国任何一个村庄一样的乡土命运,以及经过村庄的一场一场的政治运动和变革,都变轻了、变小了,它甚至小到没有刮过村庄的一场风更大。

那么什么是最重要的?

是时间。

时间在一年年地经过村庄,用一场一场风的方式,用人们睡着醒来的方式,用四季花开和虫鸣鸟叫的方式,也用一个孩子孤独寂寞地长大,和一村庄人悄无声息地老去的方式。时间把它的愁苦和微笑留在人脸上,也留在路边一根朽木头上,时间的面目被一个乡村少年看见。整个村庄大地是时间的容颜,一村庄人的生老病死是时间的模样。我写了时间经过一个村庄和一颗孤独心灵的永恒与消耗,也看见人和万物纷纷奔赴的时间岁月中的家乡。

就这样一篇篇地去写,村庄的时间在写作者笔下慢下来,安静下来,又快速地在某个瞬间里过去了百年千年。这本书我写了十年,也把我从青年写到了中年。

这是我在远离家乡的陌生城市,对家乡的一场回望。或许只有离开家乡,才能看见家乡,懂得家乡,最终认领家乡。《一个人的村庄》,是我在异乡对家乡的深情认领。当我在那个陌生城市的街道上,遥想落日余晖中的家乡时,就像想起了一场梦。我知道,那个尘土草木中的家乡,已远在时间外,又近在心灵中。我能触摸到她了。

二

五年前一个冬天的夜晚,我的后父不在了。得知消息后,我连夜驱车往沙湾县赶。那夜正刮着北风,漫天大雪,在昏暗的车灯中,从黑暗落向黑暗。那场雪仿佛是落给一个人的,因为有一个人已经离开了这个世界。

赶到沙湾县时,后父的遗体已被家人安置在殡仪馆,他老人家躺在新买来的红色老房(棺材)里,面容祥和,嘴角略带微笑,像是笑着离开的。

后来听母亲说，半下午的时候，我后父把自己的衣物全收拾起来，打了包。

母亲问他，你收拾衣服做什么？

后父说，马车都来了，在路上等着呢，他要回家。

我母亲说，你活糊涂了，现在啥年代了，哪有马车。

后父说，他听到马车轱辘的声音了。马车在路上来回地走，那些人在喊他，他要回家。

又过了几个小时，后父安静地离开了人世。

我后父年轻时在村里赶过马车，马车轱辘在地上滚动的声音，也许一直留在他心中。在他生命的最后几个小时，他听到了那辆他曾经赶过、在乡村大道上奔走多年的马车，过来接他了，他被那辆马车接回了家。

后来，我们给后父操办那个还算体面的葬礼时，我想我们所做的一切，都跟他没有了关系。他已经坐着那辆马车回到家乡。那个家乡，是他从小长到老，葬有他母亲和父亲的太平渠村，也是我在《一个人的村庄》中所写的那个村庄。

在县城殡仪馆的喧嚣声中，我想远在县城近百公里之外的太平渠村，葬有我后父家人的墓地上，他早年去世的母亲，一定会听到自己儿子的脚步声从远处走来。一个儿子的魂，在最后那一刻回到了家乡。

后父是太平渠村的老户，几代人的祖坟都在那里。

我八岁时先父不在，十三岁时母亲带着我们到了后父家。记忆中我没有去过后父家的祖坟，只是远远地看见过，有几个坟头伫在村北边的碱蒿芦苇中，想起来都觉得荒凉。后父是家里的独子，每年清明，他一个人去上自家的坟。我们去上先父和奶奶的坟。平常我们像是一家人，到这一天突然成了两家人。

我们在这个村庄生活了十年。这也是我从少年长大到青年，对我的人生影响最深的十年。我工作之后，把家从太平渠村搬迁到离县城较近的村庄，过几年又搬迁到城郊村，后来终于进了城。

后父跟我们在县城生活了三十年，一开始住平房，后来住楼房。我们居住的环境远比以前村庄的要好许多。他跟我们生活的时候，尽管也时常赶马车回太平渠村，去看他那院已经卖给别人的老房子。我后父的马车，直到家搬进县城前才卖掉。他活着时没有抱怨过现在的家，也没说过要离开我们回他的村里去。但是，临死前他说出了要回去的那个家。

后父的话让我顿时心生悲凉。这么多年来我们在县城和他一起生活的那个家，那个有儿有女有妻子的家，就这样不作数了？在他离开人世的时候，这个家可以轻易被他扔掉。他要去回另一个家，那个早已没有了亲人，只留有父母墓地的荒芜家园。

那个家是他一个人的，那条路也只有他自己知道，跟我们都没有关系。

他的死分开了我们。但我又分明感到他的死亡在连接起我们。

前不久我去养老院看望老丈人，他因脑梗不能自理生活而住进养老院。

我陪老丈人在院子散步时,碰见一个老奶奶,她向我打听去一个团场的路怎么走。那个团场的名字我好像听说过,却又不知道在哪里,便只好对她摇头。后来院里的负责人告诉我,这个老奶奶在养老院住了七八年了,她见人就问去那个团场的路怎么走,院里的人都被她问遍了,那是她的家,自从进了养老院就再没回去过,她每天都想着要回去。可是,没人告诉她那个团场怎么走。那个她只记住名字却忘了道路的团场,被养老院的人隐瞒起来了。养老院成了她最后的家。

后来,我再去养老院时,那个老奶奶已经不在了。

我想在她生命的最后时刻,她会回到那个天天念叨的地方,那是她的家乡,被她忘却的道路会在那一刻全部地回想起来,没有谁能阻挡她的灵魂回乡。

三

也是在几年前的冬天,我经历了一个老太太的死亡。

那个老太太住在我们书院后面的路边上,每次经过我都看到她端坐在西墙根晒太阳,我知道下午的太阳把西墙晒热的时候,老太太脊背靠在土墙上会很温暖,那是我奶奶早年经常做的。我从这个老太太身上又看见了我奶奶的晚年光景。那个老太太看上去干干净净的,仿佛她一生在土里操劳，却没有一丝的土气沾染在身。我还想着哪天闲下来，去跟这个老人家聊聊天。可是她突然就不在了。

我记得那是一个中午，我开车经过老太太家门口，路边停了有上百辆车，看车牌，有从乌鲁木齐来的，有从昌吉木垒来的，还有从更远地方来的。这些人或是老太太的远近亲戚，或是她儿女的同事朋友。我想在老太太活着的时候，除了自己的儿女，其他人可能都不会来看她，老太太的生跟他们没有关系，她只是在这个小山沟里不为人知地生活着。但是，她的死却引来这么多的人，让他们从远远近近的地方赶来奔她的丧事。她活着是她个人的事，小事。她的死成了全家族全村庄的大事。

葬礼举行了三天三夜，下葬那天一大早，长长的送葬队伍从家门口排到了山梁上。人们抬着老人的寿房，走在深雪中新踩出来的道路上。那个山梁后面是她家的祖坟，她先走的亲人都在那里。

我在这个老人的葬礼上，想到她一生中曾有过多少跟自己有关的礼仪场面啊，出生礼、成年礼、婚礼、寿礼，一个比一个热闹。最后这个自己撒手由别人来操办的葬礼应该最为隆重，从这个隆重的葬礼望回去，一生中所有的礼仪，似乎都是为最后这场自己看不见的葬礼所做的预演。

这是我们身边一个普普通通人的生老病死。从一个村庄到一座城市，再到一个国家，我们都在这样活，也这样死。

死是天大的事。

这位老太太的死亡让那么多人去奔赴的时候，死亡本身成了一处家乡。那些早年离开这个村庄,从来都不知道回来的人,因为这个老太太的死亡,他们再一次回到家乡。也因为一个人的死,家乡又复活了一次。

这位老太太有幸老死在家乡,安葬在埋有亲人的祖坟。当她最后离开这个世界的时候,她会不会像我后父一样说要回去。如果她说了,那她回去的路是多么的近,无需坐着马车,她的后辈们靠肩扛手抬,便已经将她护送到了那个家。

在这场葬礼中,我看到我们乡村文化体系中,安顿人死亡的最后一环,还在这个小村庄完整保留着。会操办丧事的老人还在,入土为安的祖坟还在。还有那些懂得回家来的人们,他们在外面谋生,把老宅子和祖坟留在村里,他们知道有一天自己会回来。

我在这个人头攒动的热闹葬礼上,又一次看到死亡和每个人的深层联系。

四

我是在七年前的冬天,来到木垒英格堡乡菜籽沟村。当时这个村庄给我的感觉,就像到了时间尽头,那些人把所有房子住旧,房子也把人住老,屋梁的木头跟人老朽在一起。年轻人都走了,大院子里剩下两个老人。老人也在走。然后院子就空了,荒芜了。一个曾经烟火相传的百年庭院,从此变成老鼠、蚂蚁、麻雀和茂密荒草的家园。

可我，却是看上这个村庄的老和旧，才决定在这里安家。我这个年龄，喜欢老东西旧事物，也能看懂老与旧。因为老旧事物中，有远去家乡的影子。

我们都注定是要失去家乡的人。当以前的村庄不能再回去，家乡只是破碎地残存于大地上那些像家乡的地方。菜籽沟便是这样一个我能在恍惚间认作家乡的村庄，她保留了太多的我小时候的村庄记忆。但是，那些承载早年记忆的事物，却都老旧到了头。

我自己也在这个老旧村庄面前，突然地老了，走不动了。

我在村里收购了一所六七十年的老学校，做了一个书院，在这里耕读养老。

我在这个有菜地和果园的大院子里，读书写作劳动时，我又看见自己年轻时的劳碌，看见我在写《一个人的村庄》时所拥有的，可以看见时间的眼光和心境，又看见大地上完整的黑夜和天亮。我在满村庄的旧事物中，闻到我曾经生活的那个村庄的味道，它让我虽然身处异乡，却有了一种回到家乡的感觉。

记得在书院的第一年秋天，我看到一片长得旺势的灰条草，就像见到了亲人。我小时候灰条是最平常的植物，在门前菜地，田间地头荒野中，到处都是。我们拔灰条喂猪，手上身上都是灰条的绿色草汁。我在这个刚刚落脚的陌生村庄，不认识几个人，不熟悉它的路，却看见一片熟悉的灰条草长在这里。还有遍地的蒲公英和苍耳，还有牵牛花和扯扯秧，这个长着熟悉草木的地方，让我仿佛身处家乡。

我还看见过一只老乌鸦。

经常有一群乌鸦在院子上空"哑哑"地叫着飞过去。有一刻，我听到一只嗓子沙哑的乌鸦叫声，我想这群乌鸦中一定有一只老乌鸦，它的叫声和我一样带着沙哑和苍老。等它们再飞过来时，我看到那只老乌鸦了，它飞在一群年青的乌鸦后面，迟钝地扇着翅膀，歪歪斜斜，仿佛天空已经不能托住它，它要落下来。

我这样看着它时，发现它也在看我，用它那只乌鸦的黑亮眼睛，看着地上一个行将老去的人，抱着膀子、弓着腰，形态跟它一模一样。那一刻，地上的人与天上的鸟，在相望中看到了自然世界中最后要发生的事情，那就是衰老。

老是可以缓缓期待的。那个生命中的老年，是一处需要我们一步步耐心走去的家乡。

我在这个村庄，一岁一岁地感受自己的年龄，也在悉心感受着天地间万物的兴盛与衰老。我在自己逐渐变得昏花的眼睛中，看到身边树叶在老、屋檐的雨滴在老、虫子在老、天上的云朵在老、刮过山谷的风声也显出苍老，这是与万物终老一处的大地上的家乡。

今年五月，我到甘肃平凉采风，当地人知道我的祖籍是甘肃，就说你回到老家了。其实我的老家甘肃酒泉金塔县，离平凉千里之遥,我怎敢把平凉当成家乡呢。但后来,我从平凉人说话的口音中,听出我老家酒泉的乡音,那是我去世的父亲曾经说的方言,是我的母亲和叔叔们在说的方言,听着它我仿佛回到那个语言里的家乡。

我平常说着不太标准的普通话,语音中总能听出家乡话的味道,这是脱不干净的乡音胎记。尤其当我写作时,我的语言会不知不觉地回到早年生活的村庄里,回到我母亲和家人的日常话语中。

写作是一场语言的回乡。

我写的每一个句子都在回乡之路上,每一部我喜欢的书,都回到语言的家乡。

五

大概二十年前的冬天,我陪母亲回甘肃老家。这是我母亲逃荒到新疆半个世纪后第一次回老家。我们一路到酒泉,再到金塔县,然后到父亲家所在的山下村,找到叔叔刘四德家。

进屋后,叔叔先带我们到家里的堂屋祭拜祖先。

叔叔家是四合院,进大门一方照壁,照壁后面是正堂,堂屋正中的供桌上,摆着刘氏先祖的灵位,一排一排,几百年前的先祖都在这里。老家的村子乡村文化保存完整,家家的先人都供奉在堂屋里。家里做好吃的,会端过来让祖先享用。有啥喜事灾事,会跟祖宗念叨。家里出了不好的事,主人最怕的是跟祖宗没法交代。这是我们的传统。祖先供在上房,家里人住在两厢。祖先没丢下我们,我们也没丢掉祖先。

我在叔叔的引导下,给祖先灵位上香。

那是我第一次祭拜自己的祖宗,恭恭敬敬上了香,然后磕头,双膝跪地,双手伏地,头碰到地上,听见响声,抬起来时,看见祖宗的名字立在上头,都望着我。头轰的一下,像又碰到地上。

敬过祖先,叔叔带我们到刘氏家族祖坟。叔叔说,原来的祖坟被村里开成了田地,祖坟占的都是好地,每家一片,新出生的人都没有地种,便从先人那里要地。我们刘氏祖宗便迁到叔叔家的田地里。

叔叔指着最头上的坟说,这是刘家太爷辈以上的祖先,都归到一个坟里。

我跪下磕头、烧香、祭酒。

叔叔又指着后面的坟说,这是你二爷的墓,二爷膝下无子,从亲戚家过继一个儿子来,顶了脚后跟。我这才知道顶脚后跟是怎么回事。如果一个家族的男人没有儿子,便从亲戚家过继一个儿子来,等这个儿子百年后,要头顶着继父的脚后跟葬在后面,这叫后继有人。

我叔叔又指着旁边的坟说,这是你爷爷的,后面是你父亲的,你爷爷就你父亲一个独子,逃荒新疆把命丢在那里,但坟还是给他起了。

我看着紧挨爷爷墓的这一堆空坟，想到我们年年清明，去烧纸祭奠的那个新疆沙湾县柳毛湾乡黄渠六队河湾里的坟，也许只是埋着父亲的一具躯体，他的魂早已回归到这里。

然后，叔叔指着我父亲坟堆后面的空地说，这块地就是留给你们的。

听到这句话，我的头发瞬间竖了起来。我原本认为，我的家乡是北疆沙漠边的那个村庄，我在那里出生长大，甘肃金塔县的那个村庄，只是我父亲的家乡，跟我没有多少关系。可是，当叔叔说出给我留的那块墓地时，我知道我和我父亲，都没有逃出甘肃的这个家乡。他为了活命逃饥荒到新疆，把我生在那里，他也把命丢在了那里。可是，家乡用祖坟族谱祖宗灵位又把他招了回来，包括他的儿子，都早已被圈定在老家的祖坟里。

老家用这种方式惦记着他的每一个儿子，谁都没有跑掉。

那天我们坐在叔叔家棉花地中间的一小块家坟地上，与先人同享着婶子带来的油饼和水果。坟地挨着村庄，坟头与屋檐炊烟相望。我想能够安葬在这里，即使是死也仿佛是生，那样的死就像一场回家。在自己家的棉花玉米地下面安身，作物生长的声音、村里的鸡鸣狗吠声、人的走路声，时刻传到地下。离别的人世并未走远。先人们会时刻听到地上的声音，听到一代人来了，一代一代的人回到了家，那个家就在伸展着作物根须的温暖厚土中，千秋万代的祖先都在那里，辈分清晰，秩序井然。

后来，我在叔叔家看到我们刘家的家谱。先祖在四百年前，从山西某一棵大槐树下出发，走过漫长的河西走廊，一路朝西北，来到了甘肃酒泉金塔县山下村。家谱用小楷毛笔字写在一张大白布上。叔叔说这是我父亲写的，他是刘家唯一会文墨的人，全家族人供他上学，一度把他看作刘家未来的希望，他却跑到新疆不在了。

以前我只看过装订成书的家谱，那是一页一页同姓人的名字。当我看到写在大白布上的刘姓家谱时，我突然看懂了。在那块白布最上面，是我们家族来到酒泉的第一个先祖的名字，这位先祖名字下面，生命开始分叉，一层一层，就像一棵大树的根系，扩散再扩散，等到快到这块白布的底部的时候，这些姓刘的人名字，已经密密麻麻爬满整块白布。

我知道，所有写在这张家谱里的人，都已经在地下了，他们组成刘氏家族繁复庞大的根系。而这个庞大根系的上面，是活在世上、人数众多、住满了一个又一个村庄的刘姓后人。他们组成一棵家族大树的粗壮树干和茂盛枝杈。每过一段时间，这棵大树上会有枝叶枯萎，落叶归根，成为家族根系的一部分。

我想，多年之后，当我的名字出现在家谱上时，我已安稳地回到地下，回到刘姓家族庞大的根系中，讨着比牛更漫长恒久的土里的日子。那时我眼睛闭住，耳朵朝上，像我无数的先祖一样，去听地上的声音，听那些姓刘的后人，在头顶走来走去。我在他们脚下踏实的厚土中，又在他们跪拜供奉的高堂上。我默不作声，听他们哭诉，听他们欢笑也听他们流泪，听他们高歌也听他们号哭，听他们悲伤也听他们快乐。

这是我们的乡村文化所构建的温暖家园。在这个家园中，每个人都知道要回去的那块厚土，要归入的那方祖灵，要位列的那册宗谱，是此生最后的故乡，在那里，千百年的祖先已经成为土，成为空气，成为苍天大地。

六

每个人的家乡都是个人的厚土。在我之前，无数的先人埋在家乡。在时序替换的死死生生中，我的时间到了，我醒来，接着祖先断了的那一口气往下去喘。这一口气里，有祖先的体温，祖先的魂魄，有祖先代代传续到今天的精神。

每个人的出生都不仅仅是一个单个生命的出生。我出生的一瞬间，所有死去的先人活过来，所有的死都往下延伸了生。我是这个世代传袭的生命链条的衔接者，因为有我，祖先的生命在这里又往下传了一世，我再往下传，便是代代相传。

这是我们中国人的家乡，在土上有一生，在土下有千万世。厚土之下，先逝的人们，一代头顶着上一代的脚后跟，后继有人地过着永恒的生活。

在那样的家乡土地上，人生是如此厚实，连天接地，连古接今。生命从来不是我个人短暂的七八十年或者百年，而是我祖先的千年、我的百年和后世的千年。

家乡让我们把生死连为一体。因为有家乡，死亡变成了回家。因为有家乡，我可以坦然经过此世，去接受跟祖先归为一处的永世。

每个人的家乡都在累累尘埃中，需要我们去找寻、认领。我四处奔波时，家乡也在流浪。年轻时，或许父母就是家乡。当他们归入祖先的厚土，我便成了自己和子孙的家乡。每个人都会接受家乡给他的所有，最终活成他自己的家乡。

每个人都是他自己的家乡。

而在更为广阔的意义上，一粒尘土中有我们的家乡，一片树叶的沙沙响声中有我们的家乡，一只鸟飞翔的翅膀上、一朵飘过的白云之上有我们的家乡，一场一场的风声中有我们的家乡，一代又一代人来了去、去了又来的悠长时间中，我们早已构建起大地上共有的家乡。

多少年前，我用散文塑造了一个人的村庄家园。当我在陌生城市的黄昏，看见那个扔在远处的村庄并开始书写她时，那个草木和尘土中的家乡，那个白天黑夜中的家乡，被我从大地尘埃中拎起来，挂在了云朵上。

那是我用文字供奉在云端的家乡。

2019.10.11
湖南毛泽东文学院讲座录音整理
2020.11修改完成

乡村是我们的老家

大家好!

我离开乡村十多年时间了,乡村是我的老家,也是在座的每个人的老家。我相信无论七八岁的小孩,还是五六十岁的成年人,时间往前推三代,我们都是乡下人,都是从村里来的。就连我们的首府乌鲁木齐,在三代之前也没有城市样子,只是一个村庄而已。

我记得有一首流传在二十世纪五六十年代的顺口溜:乌鲁木齐三件宝,马粪、牛粪、芨芨草,维吾尔族洋岗子满街跑。说的就是当时乌鲁木齐的状况,满街马粪、牛粪,街边长满芨芨草,在牛羊过后的尘土中,维吾尔族的妇女满街跑。

这就是我们首府城市在半个世纪以前的景象,大家想想,当时的乌鲁木齐跟现在南疆最偏远的小村庄差不多。

就是我们所在的南湖地区,在十年前还是六道湾农民的菜地，现在我们一点都看不出来菜地的样子。城市建设和现代化进程就是这样的，它能很快把一个地方改变，让农村变成城市。但是它没办法让农民很快地变成城市人，更没办法从根本上改变这个地区人的状况、人心的状况。

我们从乌鲁木齐满街的栏杆就可以断定，生活在这座城市的人，大多数是新市民，入城市不久的农牧民。为什么这么说？因为真正的城市不需要栏杆，对于真正的城市人来说，栏杆已经深入心中，他们知道城市的规则，什么地方该怎么走，什么地方能走，什么地方不能走，但是我们来自乡下农区和牧区的新市民不知道这一点，因为农牧民有自己的规则，他们的规则就是随意在大地上行走，千百年来他们就是这样在大地上行走着，怎么方便怎么走，这是农村人的行走法则。当然农村人也知道城市法则，但是他不会情愿去遵守它，这种法则是城市人设立的，不是农村人设立的。农牧民会在这个城市生活下去，一代又一代，当他们生活了好多代以后，会在心中慢慢地记住扎在城市中的栏杆，会把城市的栏杆扎入心中，那时候他们就变成真正的市民了，现在还不行。我们的城市还需要大量的栏杆去约束。

我记得在好多年前，乌鲁木齐掀起过一场拆除栏杆的行动，好多栏杆被拆除了。但是这一两年，好多栏杆又立起来了，而且比那时候立得更多。为什么？因为放开栏杆以后，整个城市放羊了，市民到处跑，栏杆又被重新立了起来。

我们的新市民，也就是扎根在城市的农牧民，看到栏杆就会懂得这是做什么的，但看到路牌的提示会不以为然。为什么农牧民对栏杆这么敏感呢？因为栏杆本身就是他们发明的，农牧民为了圈羊圈牛发明了栏杆，现在栏杆又被城市的管理者用在管理市民上了，把人们圈起来，规范人们的行动。规范到什么时候呢？当栏杆打开人都不满街乱跑的时候，这些住在城市的农牧民就变成真正的市民了，我们的城市也就称其为城市了。

但是，无论我们在城市住多久，变成什么人，乡村始终是我们的老家，我们都是从乡下来的，乡村是我们的父亲母亲生活的地方，是我们的爷爷奶奶生活的地方，也是千百年来我们祖先生活的地方，中国自古以来便是农耕大国，我们的文化和文明是农耕文化和农耕文明。标志中华民族文明开端的甲骨文，就是古人在漫长的农耕生产中发明创造出来的。比如"多"在甲骨文中就是两块肉摆在一起。想想我们的祖先是多么的艰苦，两块肉放在一起就很多了，有两块肉的生活就已经很满足了。再比如"男"，是田中的劳力，"女"是一个跪下哺乳的人体形象。还有"家"是屋顶下面一头猪。想一想这几个最古老的汉字为我们勾画了一个多么生动的远古先民农耕之家的景象。男人在外面种地，女人在家养育孩子，当然还要兼顾着养猪，当年成好的时候，家里会有两片肉摆在一起，就是非常富足的生活了。现在我们乡下好多村民其实依旧在过着"家"这个最古老汉字所呈现的生活。

我们的农历，一年分四季，四季划分成二十四个节气，二十四个节气全和种地有关，那是古人为方便种地，方便农业生产，在漫长的生活中年复一年总结出来的节气，古代的农民其实都是照着农历在开展农业生产，到了哪个节气农民就知道该做什么。所以古代的农民种地也是非常方便的，基本上照着农历就可以生产了。

乡村对于我们中国人，具有非常特殊的意义，它既是我们身体的归属，也是精神的家园。下面我就从几个关键词来给大家讲讲我理解的乡村。

一、乡村

乡村和农村是两个截然不同的概念，乡村是诗意的，文化和精神的，农村是现实真实的。在古代，广大的乡村是天然的世外桃源，"乡"是一个大的自然人文怀抱，乡村是古人留给我们的精神生活空间。在古代中国，中央政权只设立到了县一级，所以县官是当时最小的官，县以下的广大地区，也就是乡村，都是乡民自治管理。我们可以把古代的乡村理解为国家政权之外的一片自由自在的天地。国家的政权在县一级就终止了，没有延伸到乡和村，乡村是自足自在的。新中国成立以后，我们沿袭了民国政府的做法，把政权下移到了乡。从这时候开始，中国的乡村已经发生了变化，乡一级变成了国家政权，只有村一级还保留了村民自治，我们的政权还没有深入到村一级。

以前村长的工资由土地提留费发放，后来为了减轻农民负担，村长工资已经由乡财政统一支付，村长实际上拿的是政府工资，甚至一些地区直接由县向村派驻村书记，我们国家最末梢的村庄，实际上也已经被纳入国家党政管理。国家权力触及大地的角角落落，乡村的原始意义已经不复存在。

古代中国的乡，是国家统治之外的淳朴民间，是世俗喧嚣之外的清静家园，也是精神的世外桃源。为什么叫乡村、乡土，而不叫县土，就是因为县是国家的，乡是民众的。乡里的事自己做主，县上的事国家做主。古代的乡村是真正的乡村。"乡村"一词流传到今天，已经变成一个跟我们的文化和精神有关的词语。

我理解的乡村，是自古老的诗经、庄子、楚辞、汉赋、唐宋诗词以及山水国画营造出的一处乡村家园。在那里，有古老原样的山水自然，有人与万物的和谐相处交流，有隐士和神仙，有我们共同的祖宗和精神，乡村山水中有我们的性情和自在，有我们的知与不知，进与退，荣与辱，生与死，有我们的过去将来，前生后世。总之，乡村是世俗社会之外的清静世界，乡村是中国人的伊甸园。中国人自诗经、庄子、唐宋诗词之后，就已经走出乡村，乡村伊甸园消失了，现实大地上只有农村。

二、农村

农村是现实的，是占中国人口大多数的农民生活的地方，是生长粮食的地方。"锄禾日当午，汗滴禾下土。"这句千年前的诗歌描述的农村景象，跟现在没什么区别，现在的中国农村，随处都可以看见这样的劳动场面。这就是农村。最艰苦、贫穷、落后、偏僻的地方。我们说的"三农"问题——农业、农村、农民之一的农村问题，是现在中国一直没有解决好的大问题，也是政府需要重点考虑的大问题。所谓"天下大治"，无非是把农村的问题解决好了，"耕者有其田"了，农村的环境好了，农民安居了，国家也就安定了。

乡村只是建立在农村之上的一个诗意梦境。是我们曾经有过的美好伊甸园。乡村问题是我们的文化精神问题，农村问题是我们的现实问题。我们一直把农村想象成诗意的乡村。我们在城市待久了，就会想到乡村去。其实我们到达不了乡村，我们一次次离开城市开车出去，到达的仅仅是农村。农村是现实的，农村是寄托乡村梦想的地方，我们给农村寄托了太多的乡村梦想，但是农村一次次让人失望，因为我们在农村会看到现实生活中的贫穷，看到那些面朝黄土背朝天的农民，他们过着比我们差很多的生活，他们没有多少钱，地里的收入不能供给一年的生活，他们的儿女上学没有钱，上不起大学，甚至有些农民靠种地都吃不饱肚子。我们在农村看到了美好的自然山水，也可以看到现实生活中最残酷的我们不忍心看到的农村现实，这就是农村。在现实的农村之上，是祖先为我们建立的梦幻般的乡村世界，它早已经属于我们的文化和精神，供我们仰望和梦想。

三、村庄

讲完了乡村和农村,再讲第三个词:村庄。村庄大家都熟悉,它是村民居住生活的地方,我们可以想象唐宋诗词里的村庄是什么样的,在青山绿水之间,几户人家,靠种地织布,靠打鱼狩猎为生,过着悠闲自在的生活。村与村相隔数里,鸡犬相闻,炊烟相望。

我小时候曾经在一个很自然的村庄生活过,那个村子保留了人在大地上随意居住生活的样子,房子东一家西一户,很散漫地坐落着,弯弯曲曲的小路贯穿其间,一切保持着原始的模样。现在我们还能看到这样的村庄吗?没有了。我们走到任何一个村庄,看到的都是被规划过的整整齐齐的现代化的新农村。这些村庄的房子像军营一样排列整齐,道路笔直,一户和一户没有什么区别,区别的只是张王李赵。这是现代农村给我们的景象。这样的村庄叫生产队可能比较合适,因为它就是一个生产粮食的集体,全没有古代村庄的诗意。

四、房子

讲房子之前,我先讲一个小故事。前不久,我在喀纳斯景区,一个山庄老板告诉我,说他那里有一根奇异的大木头,让我过去看一看。我对大木头一向好奇，就跟了去。一进山庄，那里果然立着一棵非常高大的木头，头朝下栽在土里，根须朝天张牙舞爪，我看了就非常生气，我对老板说："你怎么可以把这么大的一棵树头朝下栽着呢？"老板说："那是棵死树。"我说："死树也是树。它有生长规律，它的生长规律是头朝上，像我们人一样，你不能因一棵树死了，就不把它当一棵树，就把它头朝下栽到地上。假如你死了，别人把你头朝下埋到地里面，你肯定也不愿意，你的家人也不愿意。"

这个老板显然不懂得该怎样对待一根木头。谁又懂得这些呢？我们现在做什么事都普遍缺少讲究，我们只知道用木头，用它建筑，做家具，但不知道该怎样尊重地用一根木头，我们不讲究这些了。但我们的前辈讲究这些，我们古老文化的特征就是对什么都有讲究。有讲究才有文化。没讲究的人没文化。

记得几年前我装修一个酒吧时，买了一根长松木，要放在楼梯上当扶手，民工把木头收拾好问我："老板，这根木头该怎么放？"我说："你说该怎么放？"他看看我说："这个木头应该是小头朝上，大头朝下。我们老家都是这样做的。"

民工的话让我对他刮目相看，他显然没有上过多少学，但是他知道最起码的一点，木头要小头朝上，大头朝下，原因很简单，因为树活的时候就是这样长的，即使它成了木头，也要顺着它原来的长势，不能头朝下放。这是谁告诉他的呢？就是我们乡村文化给他的。在乡村，老人都是老师，好多事情他们懂，知道讲究。老人按讲究做的时候，年轻人就学会了，文化就这样一代代往下传。我小时候看大人盖房子，大人干活儿时我们孩子都喜欢围着看，尤其是干技术活儿，因为这些活儿我们一长大就得干。干的时候再学来不及，只有小时候有意无意去学。大人们盖的是那种朝前出水的平房，屋顶有一点斜度，前低后高。房顶的椽子一律大头朝前，檩子横担着，没有高低，但也有讲究，要大头朝东。房子盖好了，一家人睡在一个大土炕上，睡觉也有讲究，大人睡东边，睡在房梁的大头所在的地方，小孩睡西边，房梁小头所在的地方。我从小就知道了盖房子木头该怎样放，以前到了村里人家，习惯仰头看人家房顶的椽子檩子，有的人家也不讲究，看到不讲究地摆放木头我就觉得不舒服。

中国人讲究顺，这个顺就是道。道是顺应天地的，包含了天地万物的顺。我们干什么事不能只考虑人自己顺，身边万物都顺了，生存于其间的人才会顺。木头的顺是什么？就是根朝下，梢朝上，树活着是这样长的，死了的木头也是树，也应该顺着它。我想，即使一个没讲究的人，看见一棵大树头朝下栽在地上，心里也会有不舒服的感觉。因为它不顺。我们住在一个木头摆放不顺的房子里，生活能顺吗？

五、家

刚才讲了甲骨文的"家"是屋顶下面一头猪。它告诉我们"家"并不仅仅是人的，家里并不仅仅只有人，家也是人和其他动物共居的。古人通过这个最古老的象形汉字在告诉我们,"家"是万物之家,天下万物和谐共存的家,我们的家园不仅仅有人,还更应该有其他的动物,我们人不仅仅跟人相处,还要跟人身边的其他生命和睦相处。这就是古人的家,甲骨文中的"家"告诉我们的道理。

事实上,现在许多乡村的村民仍然在过着甲骨文的"家"告诉我们的生活,在乡村,家里有菜园,院子里有家禽、家畜,还有树。我理想中的家应该是这样,有一个大院子,院子里一排房子,当然房子最少有四五间,家里有父亲、母亲、爷爷、奶奶,三代同堂,最好还有太爷、太奶,四代、五代同堂,这就更幸福了。人住的房子旁边是牛圈和羊圈,房前屋后还应该有几棵树,树有小树大树,小树是父亲栽的,长得不高也不粗,大树是爷爷太爷甚至不知道名字的祖先栽的,这棵树应该有几百年的岁数。我们在这样的树下乘凉,自然会想起栽这棵树的祖先,也曾经一样坐在树荫下听着树叶的哗哗声,在夏天午后的凉爽里,他也听着树上的鸟叫,也曾年复一年看到春天树叶发芽,秋天树叶黄落。我们坐在这样的一棵老树下,自然会把自己跟久远的祖先联系在一起,我们的气脉是相通的。当我们想到祖先看到这一切的时候,其实我们就看到了祖先,感觉到祖先的气息,祖先年复一年地看着树在长,就在这样的轮回中,时间到了我们身上,我们长大了,祖先不在了,但是祖先栽的树还在,"前人栽树后人乘凉",祖先留给我们的阴凉还在,这就是家里一棵老树的意义。

这样理想的家现在还有吗？在有些乡村，我们还能看到这样的院子，院子里的人家，三世或者四世同堂，院子里有鸡鸣狗吠，菜园里每年长出新鲜的蔬菜，这是一个多么美好的家啊！而这个让我们温馨自在地生活了千百年的家，也正在广大农村逐渐消失。

上个月我去南山采风，看到那里规划的一片新农村，红色的屋顶，彩色的墙面，每家每户都整整齐齐，院子全是水泥地，房子里全是现代的家具，给人面貌一新的感觉。但是看完以后我还是觉得少了一点什么东西。少了什么呢？牛羊不见了，狗不见了，鸡不见了。我问当地的负责人，我说："这个农家院子里怎么没有家禽和家畜？"负责人说："那些动物都被放到外面集中饲养了，我们新农村建设的一个标准就是要让人畜分居。"

在接下来的座谈中，我对当地的新农村建设发表了自己完全不同的看法。我说，你们的新农村不应该把动物排除在外，新农村不应该只是人的新家园，我们和家畜和谐相处几千年的生活，不能在新农村这里中断了。你们这样搞不行，应该赶快把院子里的鸡圈和牛圈建起来，把赶出去的牛羊请回来，把狗迁回来拴在门口，把鸡请回来放进圈里，把羊请回来。这样一个农家院子里，能够听到鸡鸣犬吠，能够听到羊的叫声，这才是世代生活的家的景象。假如家里白天只剩下了人声，到晚上只有电视的声音，这是人生活的地方吗？不是。假如人生活在只有人的环境下，这样的生活是绝望的，没有希望的。

中华文明的"家"，就是从屋顶下面一头猪开端。我们现在怎么能够把家里的动物清除出去呢？不能因为新农村建设，而让我们的村庄变得面目全非，只适合人的生活，而不适合其他动物生活，不适合一棵草生活。院子全是水泥地，草都长不出来，种子落在上面就干枯了，被风刮走了。这是农村吗？这样的农村即使是非常舒适，适合人居，但是在我心中它不是完美的天地万物和睦共居的村庄。也不符合我们延续几千年的居住文化。

六、新农村之家

我想进一步讲讲新农村的家。正在大规模进行的新农村建设，实际上在为亿万中国农民盖新房子，创建一个新家园，这个新农村之家究竟会建成什么样子？已经建成的新农村之家是什么样子？国家在决策新农村建设时，从资金到新农村居住文化方面的准备是否充分？已经建成的新农村出现了哪些问题？我们都在亲历这场规模浩大的新农村建设，它给农村和农民带来了什么呢？

新疆北疆的许多汉民村庄是在清代、民国、解放以后的五六十年代陆续建立起来的，二十世纪五六十年代，大批逃荒移民涌入新疆，把许多只有老新疆人居住的小庄子扩充成大村庄，许多以前的无人区也开荒建起了新村庄。

我小时候生活的太平渠村，就是一个典型的移民村庄。

多少年来，这些移民村庄的房子大致经历了几个时期的变化，从移民初期的地窝子，到干打垒土房子，土块房子，穿靴戴帽的瓦房（砖砌墙基瓦盖顶，中间土木结构），到现在的新农村砖房。

从地窝子爬出来盖的干打垒房子开始，尽管几经变化，房子的样式没有变，都是前低后高，房顶一个大斜坡，后墙直切下去。按传统的前后两出水的瓦房，这应该算半个房子。中原内地的两出水瓦房传到西北新疆，剩下了只朝前出水的半个房子。房子里的内容又剩下什么呢？

好多年前，我曾随母亲去过甘肃九泉金塔，那是我母亲的老家，她一九六一年逃饥荒来新疆，四十多年了，第一次回去。老家的居住环境和我们在新疆的差不多，村子也在沙漠边上，也是靠种地为生。刮起风来黄沙满天，地比新疆少，收入应该也少。但是老家村里的房子跟新疆的房子截然不同，每家都住四合院，正门进去是一块照壁，照壁对着是正堂，堂屋里面摆着祖先的神灵，那是一间空房子，平常的时候什么都不放，只放着祖先的灵位。家里做好吃的了，先端一盘过去敬献祖先，祖先品尝过了，然后再端回来自己吃。

看看我们新疆农村移民盖的房子。四合院没有了，就是一排平房，后高前低，一出水的半个房子，不管家里房子多少，全是人住的，没有一间是给祖先住的。我走过许多乡村的许多人家，没看到哪一家会留出一间房子给自己的祖先。不管有多少间房子的人家，都没有一间给祖先，所有的房子都是住人的，盛放物品的，没有一间房子空出来留给祖先和精神。祖先被我们丢掉了。

现在新农村的房子依然全是住人的。新农村之家的设计者在设计房子的时候，只考虑到大卧室小卧室、客厅厨房，只关心电视机放哪，冰箱洗衣机放哪，他们考虑到把祖先放哪了吗？没有。当这一切放置好了，一个家就算安置妥当了，哪都是东西，祖先的位置没有了。

而在老家农村的传统家庭，大都有两个居所，一是人居住的房子，一是供奉祖先的房子。家家都知道给祖先留一个房子，家和家产都是祖先留下的，走了的祖先被安置在正堂里，逢年过节，有灾有难，会过来求祖先保佑，祖先让人们心安。

如今我们有三间或十间房子，都不会想到有一间给祖先和精神，我们的新农村之家，是一个纯粹的物质之家，缺少精神和文化。

七、弯曲的乡土路

说起乡村的路，大家可能都会想到弯弯曲曲的乡土路，这是印在我们心中的有关乡村的特别记忆。我认为，弯曲的乡土路是最能代表乡村文化的。乡村的道路——至少是传统的乡村土路，基本上都是弯曲的，不像现在的高速公路这样笔直。然而就在弯曲的乡村土路中，蕴含着别样的乡村文化和乡村哲学。

为什么这样说呢？因为路是人走出来的，什么样的人就会走出什么样的路，人怀着什么样的心态，就会在土地上踩出什么样的脚印。

乡村土路就是村人在大地上行走的一种方式，那些弯弯曲曲的乡土路总是在绕过一些东西，又绕过一些东西。不像现代高速公路，横冲直撞，无所顾忌。乡土路的弯曲本身代表了乡村人走路的一种谨慎和敬畏。它在绕过一棵树、一片菜地、一堵土墙、一堆坟、一洼水坑的时候，许多珍贵的事物被留住了，被留了下来，这就是弯曲的乡土路告诉我们的全部意义，它是我们的村人对待天地万物的一种理念。在弯曲的乡土路中我们可以感受到村人对脚下每一个事物最起码的尊重，他不去破坏它，不去强行通过它，不去践踏它，尽量地在绕，绕来绕去，最后把自己的路绕得弯弯曲曲，但是在它的弯曲中，保留下土地上许多珍贵的东西。这就是乡村土路。

好多年前，我去伊犁昭苏，看到一棵大榆树立在路中间，当时我感到非常惊奇，这么大一棵榆树立在公路的正中间，这是多大的奇观啊！当地人说路修到这的时候，要通过这棵大榆树，当地政府和包工头都要把这棵榆树砍了，因为一棵树立在路中间不好看。为什么没砍呢？这棵树是当地的神树，附近村民多半有信仰萨满教的传统，有病有灾了，会在树上系一个布条，在树下许个愿，灾病就过去了。听说这棵树灵得很，一直以来前来祭拜的人不断。当地人不愿意他们的神树被砍，大家联合起来保护这棵大树。

最后这棵树被留了下来。并不是村民们保护了它，政府要想干一件什么事，村民哪能阻挡得了？而是修这段路的包工头突然出车祸死了。老板是主张砍树最卖力的人，推土机都开到了跟前要把树推倒，树没倒，老板先死了。这件事把人们震住了，不管是当地政府，还是施工队都对这棵树一下子敬畏起来，这确实是一棵神树，确实不能砍，谁想砍这棵树，一样不会有好结果。大家都害怕了，这棵树就这样留了下来，它就立在去昭苏公路的中间，高大无比，几人才能合抱住，树上挂满了当地人系的各种颜色的布条。好多车辆经过这里，会自然而然停下来，在树边拍照。我们也在树下拍照。尽管在修公路的时候，树根部被埋掉了两米，但是剩下部分仍然是高耸云端。

后来这棵树怎么样了呢？

又过了好几年，我再去昭苏的时候，那棵树不在了，从路上消失了。什么原因呢？说是有天晚上一个司机可能开车打盹了，没看到前面的树，一下子碰到树上，树把人撞死了，树犯法了，所以树被砍掉了。你看人多么不讲道理啊，树又不动，怎么会把人碰死呢？明明是人碰到树上死了，却说树把人碰死了。中国人都知道杀人偿命，树撞死人了，所以必须把它砍掉。我过去的时候，那棵树被砍掉的时间不长，主干已经被拉走，剩下的枝干扔在公路边的污水沟里，那些系满枝条的寄托着多少人美好祝愿的布条泡在污水里。当地人曾经视为神树的一棵大树就这样被砍掉，变成了木头，而人们砍伐它的时候，有一个理所当然的理由——树挡道把人碰死了。

难道人在修这条路的时候，就不知道稍微绕一下，绕过这棵树吗？不能。这是现代高速公路的原则，它追求最短的距离，追求运输成本的最低化，当它绕过一棵树的时候，路程增加了，运输成本增加了。所以不能绕。

但是我们的乡村土路会绕，懂得绕。我们的乡村文化中有"绕"的理念，现在人没这个理念了。我们看到新修的高速公路，几乎都是笔直的。它无所顾忌，横行直撞，为了追求最短距离和直线化，见山劈山，遇沟架桥，没有什么可以阻挡。在高速公路施工期间，多少房屋被拆掉，多少农田被侵占，多少树木被砍伐。没有什么东西能把高速公路挡住，也没有什么东西能够阻挡住人类走直路，追求最短距离、最低成本的心态。但是我们的农民知道——到乡下去看看，弯曲的乡土路会告诉我们，世间曾经还有这样一种走法，还有这样一种弯来绕去，不惜耗费时光，总是绕过一件事物，又绕过一件事物，把自己的路程无限地拉远，为的只是让人的道路尽量不打扰践踏大地上的事物。这样一种绕的方式，恰好代表了乡村文化中最珍贵的一点，这是现代人所没有的。我个人认为，笔直的高速公路代表了现代人在大地上行走的粗暴和野蛮，弯曲的乡土路则代表了一种行走的文明。

八、农民

农民是乡村文化的创造和继承者，是大地上千百年来面朝黄土背朝天的辛勤耕作人，他们有土地，或者没有土地。

他们靠种地为生，收入微薄。当然不排除那些有很多土地的农庄主，更多的农民靠家里仅有的几亩地在生活。我们新疆北疆的农民人均也就是三四亩或七八亩地，南疆很多农民人均是一亩地。一亩地是什么概念呢？一亩地种麦子，如果种好了够一个人吃一年，假如种不好，口粮都不够。人均一亩地对农民来说，几乎就是一个生存极限。它能保证你在种好的情况下，一年靠粮食吃饱肚子，但是零花钱在哪里？孩子上学的钱在哪里？穿衣服的钱在哪里？还有，种这一亩地的种子化肥机耕费在哪里？都不知道。好在这几年，国家给乡村做了补助，乡村贫困户也被纳入国家救助范围，以前村里的贫困户叫五保户，是村民救助的，每家出一点钱给五保户，让五保户生活。现在国家的福利制度终于向农民倾斜了。这是一个好现象。

另一种农民呢？就是离开土地，进入城市，从事着他们所能干的简单体力活儿的人。乌鲁木齐的外来务工者大多数是农民，那些从大地的角角落落出来的人，最后拥挤到这座城市。但是他们永远也进入不了城市的中心，因为他们没有文化，或者文化不高，他们不能从事技术含量高的工作，他们到城市来，也只能干一个农民工所能干的体力活儿，他们除了会种地没有别的技术。所以进城的农民工多半是生活在城乡接合部，租住着破烂的房子，吃着不知道是什么的食物，每个月挣的工钱也是少得可怜。除了上面这两种农民，还有就是在座的大家，包括我自己在内的这种农民，家乡在农村，故乡在农村，身上还保有农民习气，在一言一行、一举一动中还可以看出农民的影子。城市人喜欢把没有文化和文化素质低的人称为"农民"。当一个人被称为农民的时候，其实已经说到根子上了，你都是农民了，还有什么呢？

农民生活在社会的最底层，是我们民族的大多数，它代表着最贫穷最落后最脏最差最愚昧。可是，恰恰是这样的一群人——农民，他们身上所携带的乡村文化，是我们民族最古老的根子上的文化。就像我刚才所说的，一个农民可以知道盖房子时一根木头该怎么摆放，这是大学课程中没有教的知识，我们课程中没有把这些东西当成知识传授给孩子们。我们根子上的文化只有靠人们在乡村生活中一点一点地去积累，去传承，我们的爷爷把这样的生活观念和文化告诉给父亲，父亲告诉给我们，我们再告诉给孩子们，一代一代往下传承，生活中最有价值的文化都是靠这样传承下来的。因为这种文化本身跟我们的生活有关系，跟考试没有关系，跟上大学没有关系，跟找工作没有关系，但是它跟我们的生活有关系，它是我们古老文化中最有价值的东西。而这些文化大量地沉淀在乡村，沉淀在农民身上，沉淀在乡村孩子的身上。

中国能够在农村保留完整的最基层的乡村文化，这是一个奇迹。中国文化本身就不落后，落后的是我们丢掉太多珍贵的传统。文化多少并不是你上了多少学，拿了多少学历，而是你确确实实地从生活中，从我们的历史文化传承中接收到了多少东西，古老文化传承到我们身上，还剩下多少东西？你身上剩下的那一点文化，就是你自己的文化。

九、故乡

讲最后一个词——故乡。

每个人都有一个现实中的故乡,这个故乡有名字,在大地上可以找到。大地域的故乡是省,然后具体到县、乡、村。为什么叫故乡,而没有叫"故省""故县"?那是因为自古以来人们就认定乡是自己的,省和县都跟自己没关系,那是国家的。乡村从古代开始,就是国家政权之外的自然自由空间,国家政权到县就终止了。县以下的乡村是亘古不变的民间。正是这个广大的民间使中华文化几千年来保持稳定,朝代更替只是县以上的事,乡村依旧是乡村,就像山河依旧一样,乡村文化可以不受政权更替地代代传承。

"乡"让我们亲切,从一个乡里出来的人叫同乡,从同一个省里出来的人也叫同乡,在国外碰到本国的人,也说同乡。如果有一天,我们在宇宙中碰到地球上的人,恐怕也会说同乡。同乡的概念就是一个地方的人。这是一种个人地理意义上的故乡,每个人都有一个故乡。对于单个人来说,故乡是什么呢?故乡是我们的出生地,故乡是父亲、母亲、爷爷、奶奶生活的地方。当父亲、母亲、爷爷、奶奶都在世的时候,我们会经常去看望他们,逢年过节聚到一起,那是多么温馨。可是,当我们的爷爷奶奶离世,父母亲离世,故乡还存在吗?

我知道住在城市的人们,父母在乡下的时候,他们经常去看望父母，逢年过节聚在一起，父母不在以后，就不怎么去乡下了，乡下还是他的故乡吗？故乡已被父母带走，带到哪去了呢？当父母收回我们的故乡，当我们在故乡再找不到一个亲人的时候，乡村大地本身就变成了我们的故乡。正如我一开头所说，乡村是我们每个人的故乡。

我们汉人没有宗教，我们的文化是农耕文化，我们的哲学也是乡村农业哲学。乡村对中国人来说，既是生存之地，也是灵魂居所。也可以说乡村就是我们的宗教。源自乡村"家""孝"理念的儒教完完全全地被农民接受并延续至今。中国文化最根本的东西都保留在乡村民间。乡村是我们精神文化的故乡。

我心中的故乡，是一个既能安置人的生，也能安置人的死的地方。乡村提供了这样一个地方。它收留你的身体，让你生于土上，葬于土下。在不远的过去，每家每户都有一个祖坟，祖坟离自己的家园不远，出门就可以看到，祖坟或者在地头，或者在离家不远的一块地方。祖坟对我们是一种召唤和安慰，它让人时刻看到自己的生活，也能感受到入土为安的死亡。我们没有宗教，没有建立一个人人可去的天堂，没有。但是我们中国人在大地上建立了乡村，乡村既容纳人的生，也接纳人的死。故乡的意义对每个人来说，就是这样的。当你完结一生，葬在曾经生活的土地之下，和世世代代的祖先在一起，过比生更永远的日子，这样的地方才能称其为故乡。

城市有这样的环境吗？没有。中国人认为人生最悲惨的结果是死无葬身之地。城市人死亡以后，烧了，烟消云散。这样的地方不能作为故乡。至少在文化和精神上不能作为人的故乡，城市是非常适合人生活的第二家园，它是为人的身体所建立的。城市的一切都太适合人的身体了，让人生活其中，非常舒适。它的所有功能都是按人的身体享受所设计的，但是它不考虑人的心灵。城市只让人在它的怀抱中享乐，它只管今生，不管来世。死了就把你烧掉。一个人的生命迹象烟消云散，变成一个骨灰盒，被家人存放在什么地方。

　　一个能够安置了人的生和死、身体和灵魂的地方，才能称其为故乡。中国人共同的故乡是乡村，乡村既是我们的精神家园，也是生存居所。中国的乡村早已经消失了，它存在于诗经、楚辞、唐宋诗词以及中国山水国画，中国人从那里走出自己的乡村伊甸园。乡村早已经成为我们的文化精神和宗教。

2012.9.9

乌鲁木齐市民大讲堂

树叶与尘土之间

二十年前,我写过一本很有名的书,叫《一个人的村庄》。当时,我从乡下进城,到乌鲁木齐打工,在一家报社当编辑,每个月拿着四百五十块钱的工资,奔波于城市。我记得,每天能吃一盘拌面,浑身便充满了力量。那时我刚到三十岁,我还有未来,对生活充满了想象。晚上坐在宿舍的灯光下,在一个用废纸箱做的写字台上,开始写我的村庄文字。

现在回想起来,我的那些村庄文字,就是我离开家乡,在城市奔波的日子里,可能偶尔在某个黄昏,一回头,看见了我的那个村庄,那个我把童年和少年扔在了那儿的小村庄。仿佛是一场梦,突然觉醒了,我开始写它。

写什么?那样一个扔在大地的边缘角落,没有颜色,只有春夏秋冬,没有繁荣,只有一年四季的荒僻村庄,能够去写什么？我回过头去看我的村庄的时候，我看到的比这都多。我没有去写村庄的劳作，没有去写春种秋收，我写了我的童年，我塑造了一个叫"我"的小孩。写了一场一场的梦，这个孤独的小孩，每天晚上等所有的大人睡着之后，他悄然从大土炕上起来，找到自己的鞋子，找到院门，独自在村庄的黑暗中行走，爬到每一户人家的窗口，去听，听别人做梦。

然后，写一场一场的风吹过村庄，把土墙吹旧，把村庄的事物吹远，又把远处的东西带到这个村庄。我写了一片被风吹远的树叶，多少年后，又被相反的一场风吹回来，面目全非，写了一片树叶的命运。

我塑造最成功的是一个闲人，不问劳作，整天扛一把铁锨，在村里村外瞎转悠，看哪儿不顺眼就挖两锨。这个闲人到人家家里去，从不推门，等风把门刮开，进去以后，再等风把门关住。闲人操心的最大一件事情，就是每天太阳落山之时，独自一人站在村西头，向太阳行注目礼，独自向落日告别。闲人认为此时此刻，天地间最大的一件事情，不是你家粮食收成了，而是太阳要落山了。如此大的事情，整个村庄没有人操心，这是闲人操的心。闲人在每天早晨，大家还熟睡的时候，独自站在村东头，用自己的方式，迎接日出。他认为，此时此刻天地间最伟大的事情，就是太阳要出来了。所有的人都对太阳出来不管不问，闲人不能不管不问，他要用自己的方式，独自去迎接日出。

就这样，一篇一篇地去写这个村庄，写自己在这个村庄的梦想。把所有的劳忙放下，写一朵云的事，一棵草的事，一只蚂蚁的事。

大地上匆匆忙忙的劳作者，这个村庄里一年四季的辛苦者，养活出了这样一个想事情的闲人。

这个闲人，在村庄，在自己家那个破院子中，找到了一种存在感。

我在城市找不到存在感，每天不知道太阳从何方升起，又落向哪里，四季跟我的生活没有关系。我只看到树叶青了又黄了，春天来了，又去了。我在一岁岁地长年纪，一道道地长皱纹，我感受不到大的时间。

但是，在我书写的那个小村庄里，人是有存在于天地间的尊严和自豪感的。太阳每天从你家的柴垛后面升起，然后落在你家的西墙后面。日月星辰，斗转星移，都发生在你家的房顶上面，这才是一个人的生活。

《一个人的村庄》就写了这样一个少年，一个青年，一场一场的梦，写了他对一个村庄，和对整个世界的完整感受和看法。他让一个荒僻的村庄中卑微的人生，有了那么一点存在的理由和价值。他找到了最荒远处人的一种生存礼仪。这就是我对这个村庄的塑造。

《一个人的村庄》，是我一个人的百年孤独，也是大地上的睡着和醒来。它是一个人的孤独梦想，也是四季中的花开花落。

当我写完这本书的时候，我开始了我的城市生活，把那个叫"黄沙梁"的小村庄，扔到天边，偶尔会过去看一看，看到我们家的那院房子，一年比一年衰败，看到一个我认为是永远的家乡和故乡的地方，在从这个村庄消失，甚至连这个村庄本身，也不会存在多久，因为它太荒远，人们在离开。我想，我可能逐渐地就变成了一个没有家乡的人，留下的只是有关家乡的往事。

但是，这个世界上，总是有一些人，或一些地方，有意无意地，在给你保留过去，在补充你的遗忘，让你不至于，把这个世界忘得太快，让你不至于一回头，什么都看不到了。

这样的机缘就在去年发生了。我沿着天山北坡，去寻找那些古村庄。到了我这个年龄，总是喜欢旧的东西，总是想能看到自己熟悉的东西，总是希望走进一个似曾相识的场景，碰到那些熟悉的人。这么走着走着，突然一拐弯，拐进了一个村庄。

我进入的这个叫菜籽沟的小村庄，完完整整保留了我小时候那种记忆，没有一点新的东西进去，那些人家的房屋，沿着小溪和山边，三三两两地排列着，从哪个角度看，都是一幅山水国画。

中国人的山水国画，完整地表述了我们祖先对山水自然的态度，人居住在大地的一个小小的角落上，更多的空间是留给自然的。

当时我们了解到的情况是，这个村庄原有四百多户人家，已经有二百多户迁走，剩下许多空房子。我们去的时候正好有一家人在拆房子，一打问才知道，那一院房子，可能是清代、民国的老房子，只四千块钱就卖给别人了。由人家拆了木头，一车拉走。

一个延续百年的老宅院，就这样拆成一片废墟，这个庭院中原有的生活由此中断，一种生活到此为止。

我们还了解到，村里面有许许多多这样的老房子，待卖、待拆。我马上给县上做了汇报，跟县上协商，能不能让我们进入，抢救性地收购保护这些老房子。

我的提议很快得到了县上领导的认可和大力的支持，我们工作室人员下去，一家一家地收房子，只要是农民扔弃不用的老房子，我们全部收来。收来干什么？给艺术家住，当工作室，让原有的老建筑原貌保留下来的同时，也让这个村庄的烟火得以延续。

可是，我们一开始收房子，农民的房子马上涨价，从几千元瞬间涨到了几万块钱。我们现在收的房子全是几万块钱的，我们在这个村庄收了几十套空房子。

我们收的最大的一院房子，是一个老学校，二十世纪六十年代建的，村里的小学，后来变成中学，再后来，没有孩子上学了，它变成了羊圈。我们把它买下来的时候，所有的教室和办公室，积着厚厚的一层羊粪，我们花了好多钱，把羊粪一锨锨地清理出来，找到教室的地，找到讲台，还在羊粪中找到那一代学生留下的铁皮铅笔盒。

这个大院子现在已经被我们收拾出来，做了一个国学书院，叫木垒书院。我任院长，自己任命的。在我的号召下已经有几十位艺术家进入这个村庄，我们成立了"菜籽沟艺术家村落"，我任村长，也是自己任命的。然后，让村支书当我们菜籽沟艺术家村落的副村长。

因为艺术家的进入，村里来的人多了，那些离开的村民，也在一个一个地回来，建了许多农家乐，这个村庄看似慢慢地活过来了。按照村里面的说法，我们要不来，三五年之内，这个村庄就荒掉了。

而且，比这种荒芜更恐怖的还有一个事实是，农村不仅没有人了，关键是没有下一代了。我们菜籽沟所在的这个乡，两三千口人，去年一年，出生了两个孩子，这是多大的危机呀。

每家都是空院子，每家空院子都只有两个老人，过着过着剩下一个，这些空房子怎么办？我们发挥艺术家的才能，帮村民规划庭院，用自己空闲的房子去做旅游接待，让更多的人到这儿来旅游、居住、生活。但是农民一着急，就把城市的好多建筑垃圾弄到村里面，彩钢板房、亮晶晶的瓷砖，都进村了。

现在中国的乡村，正经历城市劣质过时的建材的污染，在乡村的大道上，可以看到一车一车的、被城市人在二十年前就已经淘汰的建筑材料和生活用品，在向乡下倾销。我们要让村民懂得审美，知道把村庄本身旧的和古朴的东西保护好，这是有价值的。

在我这个年龄，回到村里才知道，我们把那么多的好东西，把那么多属于我们传统文化的东西，扔在了乡村。我们在外读了多年的书，学了那么多西方的文学、哲学、经济学，接受了那么多外来的理念，回过头去，真正踏踏实实去看一看自己家乡的生活，看一看我们的父辈们曾经的生活，看一看积累在乡村的那些文化，才觉得，我们需要回头认领的，是那个老家，被我们遗弃在背后的那个乡土老家。

那是让我们中华民族的文化传承五千年不曾中断的根基。我到村里去，是我需要认领这样一个可以安顿身体和灵魂的地方。

还有一点，叫"归还"，因为艺术家进村了，我们也想给村子归还些什么。以前这个村子，各种宗教设施齐全，宗祠、山神庙、土地庙，一应俱全。村里面有什么事，家庭里面有什么事，会到宗祠里面去解决。心灵上有事，人家会到庙里面去解决。这些东西，都被毁干净了，只留下了名字。我们也是借助艺术家的力量，想归还一些东西给村里。

我们首先想在村里，建一个山神庙。这个村庄依山傍水，每年春天会有洪水下来，以前村里有山神庙、龙王庙的时候，他们会先去烧个香，一年心静平安。

我们经过这么多年的发展，也把这个乡村文化保护层给拆掉了。农民和乡政府中间的文化缓冲层消失了，没有了余地。我们想把它建立起来，归还给村庄。但我知道，这仅仅是一个作家的天真想法。

通过我们的影响，村民也在向我们学习，他们也在用我们的方式，开始收拾他们的院子。我们告诉他什么东西是珍贵的，要保护。

我们乡村的家，它是一个完整的体系。到一个院子，首先门口是一个狗洞，狗要看家。狗洞那边是一个鸡窝，鸡窝边是羊圈，羊圈后面是猪圈、牛圈。人的房子排在中间。每个乡村庭院，都完整地保留了我们汉民族的生活理念。我们的家是一个万物共居的家，人住的房子周围，有那么多的动植物，跟我们一起生活，这就是一个破院子所承载的乡村文化。当我们推行新农村建设，让农民住上楼房的时候，其实，是在把一整套的文化体系丢弃在乡村，丢弃在那个破院子里。

可能，许多人是在城市长大的，没有一个叫农村的家，没有一个如此破败的旧院子，让你度过童年。但是，我相信，我们都是有一个内心故乡的人。我们在生活中流浪，在内心中寻找，向着一个叫故乡的地方，一点点地回归。

二十多年前，我从写作《一个人的村庄》开始，到今天，写作一系列的乡村文学，我都是把家乡和故乡，当一场梦去写。我希望我的文字是一场一场的梦，一阵一阵的风，一片一片的月光。那些生活于尘土中的人们，那些在四季轮回中，迷失了方向的人们，那些在大地的收获与亏欠中，欣喜和痛苦的人们，他们会有一个朝上仰望的心灵。如果文学还能做什么，那么，文学需要承载大地上所有的苦难和沉重，让人们抬起头来，朝着云端去望，朝着尘土和树叶之上去仰望，这是文学唯一能给我们的。谢谢。

2015.9.20
上海一席演讲

把地上的事
往天上聊

聊天

散文是聊天艺术。何谓聊天？就是把地上的事往天上聊。这是我们中国人的说话方式，万事天做主，什么事都先跟天说，人顺便听到。

把地上的事往天上聊，也是所有文学艺术所追求的最高表达。从地上开始，朝天上言说，余音让地上的人隐约听见。文学艺术的初始都是这样。最早的文字是字符，写给天看的。最早的诗歌是巫师的祈祷词，对天说的。说给天听，也说给天地万物听，那声音朝上走，天听过了，落回到人耳朵里。

民间的传统戏台对面都有一座庙，庙里诸神端坐。听戏人坐地上，戏台高过人头，那戏是演给对面庙里的神看，说唱也是给庙里的神听，唱音越过人头顶，直灌进神的耳朵。整个一台戏，是台上演员和庙里的神交流，演戏者眼睛对着神，很少看台下的人，他知道自己唱的是神戏，不是人戏。人只是在台下旁听，听见的，也只是人神交流的"漏音"。

至少在《诗经》时代，我们的祖先便创造出了一整套与天地万物交流的完整语言体系，《诗经》中有数百种动植物，个个有名字，有形态，有声音颜色。"关关雎鸠，在河之洲。"关关是叫声，雎鸠是名字。一只叫雎鸠的鸟，关关地鸣叫着出现在诗经的首篇。

这样一个通过《诗经》《易经》《山海经》等上古文学创造的与万物交流的语言体系，后来逐渐失传了。取而代之的是一套科学语言。

对天地说话，与天地精神独往来，这是我们中国散文的一个隐秘传统。

喧荒

与聊天相近的还有一个词叫喧荒，北方语言，喧是地上的嘈杂之音，荒是荒天野地的荒。想想，这样一场语言的喧哗与寂寥，时刻发生在民间的墙根院落。

喧荒或从一件小事、一个故事发端，无非家长里短，鸡毛蒜皮。但是逐渐地，语言开始脱离琐事，有了一种朝上的态势，像荒草一样野生生地疯长起来，那些野生出来的语言，一直说到地老天荒，说到荒诞荒芜。

这才叫喧荒，是从地上出发，往虚空走。直喧到荒无一言，荒无一人。

这是话语的奇境。

无论是聊天也好，喧荒也好，都是把地上的话往天上说，也就是把实的往虚里说，又把虚说得真实无比。也无所谓有无，喧至荒处，聊到天上，已然是语言尽头，但仿佛又是另一句话的开始。

仪式

到乡间随便坐到哪一个墙根，跟那些老人说话，听他们喧荒聊天，聊的全是散文，这是中国人的思维方式。不可能聊出小说，也不可能是诗歌。据说在唐代人人出口成诗，但现在，我们在民间言语中听到的多是顺口溜之类的东西。

我知道有一些草原民族，他们日常聊天会有诗歌。新疆的哈萨克族，当客人到主人家毡房，进门后会吟诵赞诗，先从毡房开始赞美，一直到毡房中的铁炉子、炉钩、炉铲子、炉子上烧奶茶的茶壶，然后赞美主人家的牛羊，赞美一圈最后赞美到主人，都是现成的诗歌或者现成的模式，有时客人即兴发挥，主人听得高兴，家里被赞美的一切也都听得高兴。客人在赞美主人家的毡房时，相信毡房一定会发光。赞美羊时，羊会咩咩回叫。哈萨克是一个诗歌民族，把诗歌日常化,又把日常生活用诗歌仪式化。

我们不一样,是一个散文民族,说一个事情的时候总是先入为主地用散文的方式去说,就像聊天,从一件小事开始聊起,拉拉扯扯把整个村庄聊完再回来。

传闲话

在民间更接近散文创作的是传闲话,闲话是一种民间散文体,女人最喜欢嗑瓜子倒闲话,先由一件小事开始,看似在讲故事其实完全不是故事,讲的是是非,是道德。

当一件小事经过一个人传到另一个人的时候,它就进入了散文的二次创作,传遍整个村庄回来的时候,早已不是原初的故事,被中间的传播者添油加醋,发挥自己的想象,发挥自己的是非观点,最后一个故事被传得面目全非。

俗话说,话经三张嘴,长虫也长腿。长虫是蛇。一条蛇经过三个人去传,就变成长腿的动物了。这个让长虫长出腿来的过程,就是文学创作。不可能传到长出翅膀,长出翅膀就是飞龙了,那不叫闲话,是神话了。

散文创作跟传闲话一样,是有边际的。一个现实中的事物经过散文家的自由想象、恣意虚构,但仍然在我们的经验和感知范围之内。人间的故事在人的想象边缘一个合适可信的位置停下来,不会超越感知。

散文是人间的闲话,不是神话。变成神话就没人相信了。

说书

还有一种民间语言形式叫说书。

小时候,我的后父是个说书人。我们住的那个偏僻村庄,只有一个破广播,有时响有时不响,收音机也不是每家都有。我记得一到晚上,村里许多人就聚集到我们家,大人们坐在炕上,炕中间有个小炕桌,炕桌上放着茶碗、烟,我父亲坐在离油灯最近的地方,光只能把他的脸照亮,其他人围着他,我们小孩搬个土块或者小木凳坐在炕下面,听我父亲一个人讲,讲《三国演义》《杨家将》《薛仁贵征西》。我父亲不怎么识字,他所讲的那些书,全是听别的说书人说过自己记住的,在我印象中,我父亲从来没有把《三国演义》或《杨家将》讲完过,他讲不完,他学的就是半部《三国演义》,他经常把三国讲乱,提起三国乱如麻,不如我给你讲杨家将。三国讲不清楚讲杨家将。

中国人的这种说书传统非常有意思,说的是小说,讲出来就变成散文。因为说书人要经常把故事打断,停在那去倒是非,做道德判断。故事停下来时,小说就不存在了,变成散文。任何一部中国小说,一经说书人言说就变成了散文。

乡间的说书人没有几个是看过原著的,多半是从上代说书人那里听来,听的就是一个二手书。然后,说的过程中,今天忘一段,明天想起一段来,忘掉的部分就是留给自己创作的。每个说书人都不会老老实实去说一本书,总是在某个地方停下来，加入自己的创作，加入自己的想象，加入自己的道德判断。这是说书人的习惯。故事对他来说不重要，重要的是故事讲到恰到好处时，停下来去讲是非。

我一直记得后父说关羽投曹营那一章，话说刘、关、张三兄弟被曹操打散，关羽带着两位皇嫂被曹操俘虏，在曹营中一住十二年（其实也就几个月，被说书人夸张）。关羽和皇嫂共居一室，关羽住外屋，两位皇嫂住里屋，中间一个忽闪忽闪的薄布门帘。说书人觉得这个地方应该最有戏，却被作者几笔带过，其中定有原因。说书人说到这里不跟着故事走了，他停下来，开始说闲话。说当年罗贯中写到这里写不下去，为何？关羽保护两位皇嫂在曹营一住十二年，你想，三人共居一室，两位皇嫂年轻貌美，关羽正值盛年，可谓干柴烈火，焉能没有奸情？若无，不合乎人性。若有，该如何下笔。话说罗贯中正在窗前捻须作难，苦思冥想，忽听窗外雷声大作，老先生抬头一看，惊呆了，只见关羽关圣人在云中显灵，双手抱拳，曰，老先生笔下留情。

说书人替作者把这一段交代圆满了。

西方小说是让故事从头到尾贯通下去。我们的章回小说会常常打断故事，把故事扔一边去论道理讲道德。民间说书人沿袭这一传统，他们有能力把故事停下来，论一段是非后，故事还能接着往前走。这是中国章回小说和民间说书的一个重要特点。中国人也习惯了这样听故事，因为他们知道听的不是故事，而是故事后面的意思和意义，当他们开始欣赏故事后面的意思和意义时，其实已经进入散文了。我们的四大名著，那些演义，被我们称之为长篇小说的鸿篇巨作，一部一部地被民间说书人说成散文。我们在听书中，也学会了一种言说和叙述的方式，就是散文方式，所有的古典小说也被我们听成了散文。

说话

散文就是中国人的说话、聊天、喧荒、传闲话。

我们的散文家在民间不断的聊天和喧荒中获得了新的资源、新的词汇，像聊天和喧荒这样的词，不可能由作家创作出来，或是古代作家的词语流入到民间，被民间继承下来，然后又被作家重新发现，所以散文就是我们的一种说话方式。有时候，散文家需要在民间说话中寻找散文的新鲜语言，更多时候，那些古往今来优秀的散文流传到民间影响国人的说话。民间聊天和文人文章，相互影响，形成国人的说话方式，和散文写作方法。

"天"和"荒"

散文不是小说，不需要从头到尾去讲故事。散文是乡人聊天，所有该说的话都已经说完，该发生的事都已发生完，看似没有任何话可说的地方，散文写作才刚刚开始。

散文就是从生活的无话处找话。

散文不讲故事，但是从故事结束的地方开始说话，这叫散文。

小说的每一句都是在朝前走的，散文的每一句都是凝固的瞬间。

散文没有那么多的空间和篇幅容纳一部小说的故事，但是散文总是能让故事停下来，让人间某个瞬间凝固住，缓慢、仔细地被我们看见，刻骨铭心地记住。

所以散文也是慢艺术。慢是我们对待生活的一种态度，这个世界的匆忙用小说去表述，这个世界的从容和安静用散文来呈现。散文是沉淀的人心，是完成了又被重新说起的故事，它没头没尾，但自足自在。

大多数散文写日常，既然是日常那肯定是常常被人说尽，说出来就是日常俗事琐事，在这样的散文中怎么能写出新意？只能绝处逢生，日常被人说尽处才是散文第一句开始的地方，无中生有也好有中生无也好，散文就是这样一种艺术，在所有语言的尽头找到你要说的一句话。

小说有明确的故事走向，有事件的结局和开始，有严谨的结构。小说需聚精会神去写。散文则要走神，人在地上，神去了别处，这是散文创作的状态。也如聊天，把地上的事往天上聊的时候，人把地上的负担放下了，就像把身上的尘土拍落在地。聊天开始，就有了这样一种态势，他知道自己嘴对着天在说话，对着虚空在说话，对着不曾有在说话，对着一个荒在说话。

散文无论从哪写起，写什么，都不重要，重要的是写作者心中得有那个"天"和"荒"。心中有"天"和"荒"，才能写出地老天荒的文章。

散文是一种飞翔的艺术，它承载大地之重，携尘带土朝天飞翔。许多散文作家是爬行动物，低着头写作到底，把土地中的苦难写得愈加苦难，把生活中的琐碎写得更加琐碎，把生活的无意义无味道写得更加的无意义无味道。他们从来都不会走一会儿神。

我喜欢像聊天一样飞起来的语言，从琐碎平常的生活中入笔，三言两语，语言便抬起头来。那是把地上的事往天上说的架势，也是仪式。

2017.1

山西散文年会讲座

文学是做梦的艺术

一、梦是另一种醒来

作家是做什么的,其实什么都不做,这是一种想事情的职业,大家在忙忙碌碌做事情的时候,作家在想事情,想完就完了,也并不去做。

作家唯一做的事,可能就是做梦。

如果把人的一生分为不同的两种状态:睡和醒。通常人或许只注重醒来的时间,认为它是真实的可把握的。而睡着做梦的那段时间往往被忽视,以为梦是假的,睡是无知的。

但是作家不一样。作家相信梦,在睡梦中学习。一个优秀的作家肯定在他生命早期,什么都不知道的时候,糊里糊涂地接受了梦的教育。在那个我们还不会说话,不会做事的幼年,我们学会的第一件事是做梦。

一场一场的梦，是开设在人生初年的黑暗课堂，每个人都在这个夜校中不知不觉地学习。只是，大部分人不把这种学习记在心上。只有作家把梦当真，视睡着为另一种醒来，在无知的睡眠中知觉生命，在一个又一个长梦中学会文学表达。

许多天才作家很小就能写出惊人的诗歌和小说，很可能是他们早早在梦中学会了文学写作。

文学，本来就是人类最早的语言，是我们的先人在混沌初开的半醒半睡中创造的语言方式，并以此与天地神灵交流。最好的文学艺术都具有梦幻意味。那些感动过我们的优秀文学作品，仿佛都是一场梦。

文学是做梦的艺术。

一场一场的梦，连接着从童年到老年的全部生命。

作家所做的，只是不断把现实转换成梦，又把梦带回到现实。在睡与醒之间，创造另一种属于文学的真。

二、站在房顶的老师

我相信每个人的童年，都是一场没睡醒的梦。童年是我们自己的陌生人。每当我回想那些小时候的往事，不清楚哪些是真实发生的，哪些是早年做过的梦，它们混淆在一起，仿佛另一种现实。童年故事都是文学，半梦半醒。

我上小学时赶上"文革"，一年级上了半年，有一天快中午，被人从课堂上叫出来，说你们家出事了，快回去吧。

那年我八岁，父亲不在了。

紧接着学校的老师也跑了，我辍学在家。邻近的黄渠七队有小学，在三四公里外，我年龄小，走不了那么远的路，就说在家长两岁，能走动路了再去上学。

过了一年，我就跟着大哥到七队上学了，还带上了更小的弟弟。学校就一个老师，一、二、三年级一起教，学识字和加减算数，学生书包外背着算盘，跑起来算盘珠子哗啦啦响。

七队和我们村隔着一道盐碱梁，从村里出来，上坡，翻过梁，再过一条水渠，就看见了。平常时候只听见那个村子的鸡鸣狗吠隐约传来，人的声音翻不过梁。

学校在村外荒滩上，孤孤一间房子，四周长着芦苇、红柳、碱蒿子和骆驼刺。一条小路穿过盐碱滩隐约通到那里。

多少年后，我还经常梦见自己在那个荒野中的房子里上课，一个人坐在昏暗中，其他孩子都放学走了，我留在那里，好像作业没写完，好多字不认识，数字不会算，心里着急，又担心回去晚了路上遇见鬼。那个我只上过不到一年的荒凉学校，在梦中把我留置了几十年。

记忆最深的是那个老师，我忘了他的名字，每天我们从自己村子出来，翻过盐碱梁，就看见老师站在学校房顶上，远远地看我们，一直看到我们走近，才从房顶下来。

放学后他又站在房顶上，看我们走过荒滩。我们在白碱梁上总要回头看看站在房顶的老师。过了梁，就看不见了。

一天早晨，我们翻过梁没有看见房顶上的老师，只有孤零零的教室，半截子淹没在荒草中。来到了教室才知道，老师昨天下午从房顶掉下来，把头摔坏，当不成老师了。

三、见鬼

我小时候喜欢爬房顶、上树梢，可能跟那个老师学的。大人说爱往高处爬的孩子将来有出息。可是我也喜欢钻地洞。村子高高低低的地方都被我摸遍了。一个人小的时候，是有可能知道世界的某些秘密的，孩子可以钻到大人到不了的某些地方，那些隐蔽的连通世界的孔道有可能被孩子找见。

我还见过鬼。有一天放学，其他同学翻过梁不见了，我领着弟弟落在后面，弟弟不时回头看，说后面有个人在追我们。我回过头，什么都没有。弟弟肯定地说，就是有一个人。我想起大人说过小孩子能看见鬼的话，吓得浑身发抖，拉着弟弟跑，跑了一截问弟弟，那人还在吗？说还在，越来越近了。我不敢回头看，连滚带爬蹚过一个水渠，再问，弟弟说人不见了。

我上四年级时转到黄渠大队。去大队学校的路绕过河湾和一片长满芨芨草的坟地。过坟地都结伴而行，不说话，害怕惊醒死人。有一回没等到同学，硬着头皮一个人走，眼睛直直朝前，不看坟堆。走着突然听见后面有脚步声，回过头，路上空空的，坟地也空空的，头发唰地竖起来，双脚不由得奔跑起来，却怎么也跑不快，身体像被什么东西拽住，也不敢回头看。

再后来，我们家搬到太平渠村，属于新胜大队了，依旧在玛纳斯河边上，只是朝北迁徙了几十公里，更加荒凉了。我在那个学校跟着上五年级，大队离我们村七公里，同村的十几个孩子，每天早出晚归，步行上下学，路边也有坟，孤孤的，没在野蒿草中。有时独自路过，有意不去看，但总觉得那里有眼睛看过来，脊背生凉。

就这样在穿过荒野坟地的路上，有一年没一年的，有一节课没一节课的，上完了小学和中学。

我上四年级时开始写诗歌和童话，现在想起来，写的全是自己的梦和害怕。我小时候胆小，晚上蒙着头睡觉，眼睛露在外面，就能看见荒野上的坟地，好像我的眼睛能穿透墙和房顶，看见黑暗里的一切。

现在想来，一个人小时候若没见过鬼，那是太可惜了。鬼让我觉得不管我走遍村子的多少地方，哪怕熟悉村里的所有人和事，但还是有一个东西不能认识，那就是鬼。小孩能看见鬼。小孩啥都能看见。万物的灵在孩子的眼睛里飘。小孩看见的世界比大人多好多层。人一长大眼光就俗了，看见的全是平常物。不过，人一老，鬼又来了。小时候看见的鬼，老年后又看见了。人生一世，两头见鬼。

作家应该是能跟鬼说话的人。写作本身就是一个引魂招鬼的事儿，把那些没有的事、有过却遗忘的事、是人不是人的事、生前死后天上地下的事，都招引来，唤醒来。我是信世上有鬼的。就像我信那个文字里的世界。文学艺术是最古老的招魂术。

四、一次收到三十多封情书

初中毕业后，我考上石河子农机学校，学了三年农业机械，后来有了一份乡农机管理员的工作，干了十几年。

乡农机管理员没多少事可做，主要和拖拉机驾驶员打交道。

每天一到下午，其他干部早早下班回家，整个乡政府大院子里，只剩下我和一个看大门的老头。晚上那个大铁门只有我一个人进出，我开门关门的声音把守门人惊醒，他喊一声"谁"，我答一声"我"。然后，便是静悄悄的长夜。

乡政府办公室坐西向东，一幢空荡荡的老式建筑，晚上窗户黑洞洞的。我在这个院子住了好多年，后来经常梦见自己走过办公室的长长走廊，去布满尘埃的收发室，在大堆未拆封的书信中，找寄给我的信。这个梦里没找到，下一个梦里又去找。

我在这个大院里一次收到过三十多封情书，一个大学生女孩写的，因为邮递员每星期来一趟，好多书信积攒在一起。那是最幸福的一个星期，我反复读那些情书，每个信封里都装好多小纸片，可以看出是在课堂、在宿舍、在图书室匆忙写就，字又小又拥挤，像有说不完的话。

过了一个星期，又收到十几封。

这样的好事情持续了一个多月，我沉浸在上百封炙热情书的阅读中，还没反应过来怎么去回应，那个女孩的情书，就再也不来，没有音信了。

这是我青春期里别人对我的一场恋爱，像花开一样，像一阵风，更像一场梦，那么美好地突然到来，又悄然消失。

我在那样的环境中写诗。每周来一次的邮递员是我最期盼的，我订阅的诗歌杂志，总是晚两个月到，我在三月的料峭寒风里，收到一月出版的《诗刊》，再把自己一个星期前写的信，交给邮递员捎走。至少半个月后，信才会送达，回复过来，一定是两个月后，天气都由寒转暖了。

我寄出最多的是投稿信，偶尔收到编辑的退稿和用稿信。现在我还记得收到刊登我诗歌的《星星》诗刊、《绿风》诗刊、《诗歌报》时的激动，那时候，在这些刊物上发一首诗，全国的诗人都会读到。我也由此收到许多认识不认识的诗人的来信。

只是，我再没收到过几十封情书。

五、一笔天上的生意

当乡农机管理员期间，我做了一件改变人生的大事情。

那时正赶上全民下海经商，我没经住诱惑，做起生意来。

我做的是农机配件经销，在县城东郊的路边上，租了一间农民的房子，进了些货，门头拿红油漆刷了"农机配件门市部"七个大字,就开业了。每天坐在街边看拖拉机过来过去,那时的乡村道路上总是尘土飞扬,大坑小坑,住在路边的农民都喜欢这些坑,因为过往的车辆总有些东西被颠下来,他们就有了意外之财。

我也托这些大坑小坑的福,那些过来过去的拖拉机,总有几个会颠坏,车停在路边,拖拉机驾驶员提着摇把子过来(那时候拖拉机都是用摇把子手摇启动),在我的店里买零配件。

几乎每天都有一伙一伙的驾驶员坐在店门口,买不买东西都凑在那闲聊,聊远近路上的事情。我觉得听别人闲聊可能是我生活中一件最大的收获,我有一双非常好的耳朵,可以从旁人闲聊的嘈杂中捕捉到我感兴趣的东西。似乎从小到大,我一直坐在这些闲聊的人群当中,他们说着那些发生在远处近处的真事,也说那些瞎编的像真的一样的假事,我更喜欢听那些瞎编的故事,因为我也喜欢编故事。

这个农机配件门市部只开了一年多就卖了,赚了一万多块钱。在那个万元户时代,我变成了有一万元钱的人。

二十年后,我写了一篇长散文,写的就是我开农机配件门市部这段经历。但是,散文的名字变成了《飞机配件门市部》。二十年的时间,是怎么让一段真实生活发生了奇幻般的变化?

《飞机配件门市部》在写什么呢?写的仍然是我开农机配件门市部那时候的经历,一个在乡农机站工作,还写诗歌的乡村青年,不安于现状,也不好好上班,在县城边开了一家农机配件门市部,每天在尘土飞扬的路边,看着坑坑洼洼的道路上来往的拖拉机,心想着哪个坑能把哪个拖拉机颠坏,然后卖零配件赚点钱。但是,这样的生意总是不多,总是有没有生意的大块无聊时光。好在配件门市部头顶经常过飞机,我就仰头数过来过去的飞机,昨天过去三架过来三架,今天过去三架过来两架,就想那一架去哪了,好几天后那架还不过来,就想这一架是不是出事了。

我还认识了一个飞行员,是我们县出去的唯一一个开飞机的驾驶员,叫旦江,他爱人跟我爱人是同学,他每次回来探亲都到我家里吃饭喝酒,谈飞机的事。那时候我没近距离见过真正的飞机长啥样,只看到过头顶过来过去的飞机。

这个飞行员跟我讲,他每次开飞机路过沙湾县城,都想看见自己家的房顶,想看见站到院子里朝天上望的老父亲,因为在他有数的几次飞过沙湾县城的飞行前,他都给家人打电话,家人会准确地知道时间,他们早早站在院子里等他的飞机过来。他的妻子每次都叫好多女友站在路上,拿着红头巾,她丈夫的飞机飞来时,她们会挥舞红头巾,跳着朝天上喊。

但旦江告诉我,他在天上一次也没有看见过自己家的院子,也没有看见过挥着红头巾往天上招手的他的妻子。

这个开农机配件门市部的青年,天天看着过往的飞机,有一天突然脑洞大开,他意识到这么多飞机从天上过往,却没有人去做飞机的生意,地上来来往往的拖拉机坏了有农机配件门市部,谁会想过为天上的飞机开一个配件门市部呢?

他被自己的想法激动，买了七块大纤维板，偷偷搬到房顶上——不能让人知道。提着红油漆罐子上房顶，写了七个大字"飞机配件门市部"。他想，过往的飞机驾驶员往下看的时候，一定会看见写在房顶的大红字，知道在沙湾县的城郊有一个飞机配件门市部，如果哪一天飞机在天上出了事，他一定会知道这边有一个修飞机的地方。

这个青年为自己的大胆想法激动着，不告诉任何人，每天独自看着天上的飞机，独自想着飞机应该用什么样的配件，于是开着拖拉机到处收集各种零配件，储存起来。

就这样，他一个人怀着做天上飞机生意的梦想，在地上的尘土飞扬中默默等待时机。

终于有一天，一架飞机在天上出事了，冒着黑烟，朝这边飞过来，越飞越低。那个青年马上召集几十辆拖拉机，拉着他几年来储存的一堆堆的古怪铁零件，朝着飞机降落的大片麦田追了过去。

这篇文章到此基本结束了。农机配件门市部卖掉后，写着"飞机配件门市部"的七块纤维板，也在此后的大风中一块块地飞落在地。

我开农机配件门市部的时候二十多岁，写这篇文章的时候已经四十岁。文章的前半部分是真实的，我用了第一人称"我"讲述，我确实开了一家农机配件门市部，也确实有一个飞行员朋友。但后半部分是文学的虚构，是一场梦，我替换成"他"讲述。

二十年的时间，让这样一个有关农机配件门市部的现实故事，变成了面目全非的飞机配件门市部，这就是文学完成的。当我在多年后回想这段开农机配件门市部的经历时，我想到的是那个青年的我，从马路上的尘土中抬头朝天上的仰望，我想知道那个仰望里到底有什么，后来我看到了。我把那束朝天上望的目光辨认了出来，它成了这篇文章的核心。

就这样，文学让地上的一件普普通通的事情，变成了天上的事情。让一个在农机站当着小差、有一个当站长的梦想却不能实现的小职员，从尘土飞扬的马路边看到了天上，知道了仰望。

文学和现实的关系是什么？可能所有的现实故事都会成为文学的题材。但所有的题材都不见得会成为文学。

文学必定是我们在现实生活中的朝上仰望，是我们清醒生活中的梦幻表达。文学不是现实，是我们想象中应该有的生活，是梦见的生活，是沉淀或遗忘于心，被我们想出来，捡拾回来，重新塑造的生活。

文学是我们做给这个真实世界的梦。

六、看见另一个世界

农机配件门市部卖掉后，我的兴趣转到另一件更加玄妙的事情上：练气功。那时候全国气功热，我买了大量气功书籍，在沙湾城郊村的院子研修静坐，聚气炼丹，一度专练开天眼，想看见另一个世界。

其实,那个另一个世界就在文学中,后来真的被我看见并写了出来。

我离开农机站在乌鲁木齐打工期间,用七八年时间,写出了散文集《一个人的村庄》。

到城市后我突然不会写诗了。我尝试着写散文,用我写诗的语言写散文。我这样写作时,慢慢地把我生活多年的村庄生活全想起来了,仿佛我梦见了它们。

是的,我写了我在那个村庄的梦。多少年来我在那个村庄的真实生活,终于化成一场梦。仿佛重回世间,我幽灵般潜回到那个村庄的白天和夜晚,回到她一场一场的大风中,回到她的鸡鸣狗吠和人声中,我看见那时候的我,他也瞪大眼睛,看见长大长老的自己——我的五岁、八岁、十二岁、二十岁和五十岁,在那场写作里相遇。

当我以文学的方式回去时,这个村庄的一切都由我安排了,连太阳什么时候出来,什么时候落山,都是我说了算。这就是文学创作,一个人在回忆中,获得了重塑时光的机会。

《一个人的村庄》,是一个人的孤独梦想。那个想事情的人,把一个村庄从泥土里拎起来,悬挂在云上。

2015.12.14
新疆师范大学讲座
修改于 2018.5

闲事亦可
惊心动魄

一、我们误读了平常事物

郭慕清：多年来您的创作一直关注新疆，关注您生活过的村庄，您能简单介绍一下《一个人的村庄》《虚土》和《在新疆》在创作上有何不同吗？

刘亮程：《一个人的村庄》是我的元气之作。之后我写了《虚土》。《虚土》是我个人最喜欢的一本书，我写了一个如梦的世界。《在新疆》不一样，它是我这么多年来对南疆和北疆行走生活的一次回望，我只是写我的家乡新疆，写我在新疆的生活和感受。不是猎奇和传奇，家乡风物早已被我们视若平常。

郭慕清：那您在创作中，是怎么从那些平常事物中挖掘到美感的？

刘亮程：首先，事物本身不平常，那些看似平常的事物，其实是我们误解了它们。

郭慕清：误解了它们？

刘亮程：人一直在误解平常之物，用平常来描述它们。

郭慕清：那您是怎么挖掘的呢？就像我们天天生活在都市，感觉就很难发现都市的美。我们看到的是雾霾，是拥堵，是高房价，这些都不是美的感受。

刘亮程：你见识太多了，过眼的事和物太多，没有时间停下来，去关注某一事某一物，一切对你来说，都是过客。不像我，我曾经生活在这么一个地方，地久天长地去看一些事情，想一件事情，慢慢把一件看似简单的事情的丰富性找到了，也就看到了它的不平常、不简单。

郭慕清：这就是所谓一朵花也能看到一个世界，对吗？

刘亮程：这是最起码的常识。一花一世界，一粒尘土也是一个世界，关键是我们用什么态度去对待这些世间的事物。我是一个作家，在我的眼中，世间万物有灵，这应该是作家的基本信仰。万物有灵理念来自萨满教，萨满教认为天地万物都是有灵性的，人只是这天地万物中有灵性的生命之一。

郭慕清：你怎么理解灵性？

刘亮程：人是要把一个肉心，修炼成有灵性的心，叫作心灵。心若无灵，只是肉心。人若想感受到天地万物之灵，首先自己得有灵，自己的心得是灵的，一颗不灵的心是没法感受到其他事物的美与灵的。

郭慕清：你提到修炼，这怎么理解？

刘亮程：谈不上修炼，只是领受，或认领。人在小时候，心都是灵的。很小的时候，你看见什么都大惊小怪，你对一朵花、对一棵草充满好奇，可以跟一棵草玩耍一整天，可以盯着一只小虫虫盯半天，为什么？

郭慕清：因为有童心在。

刘亮程：那什么叫作童心？童心就是比我们这些成年人的心更丰富灵动的心。我们不能认为童心是一颗简单之心。完全不是。小孩通过他那颗稚嫩之心，通过他那双童年之眼，看到了比我们成年人更多的东西，所以他能盯着一只小虫看半天，是因为他看到了我们看不到的东西。平常人认为一只小虫一眼就能看透，可小孩能盯着看半天，他这样看看，那样看看，他看到了什么，我们知道吗？

郭慕清：不知道。

刘亮程：但是我们早年都是这样看过来的，都是这样充满好奇地用这双童年之眼看这个世界中的许多东西。后来，我们忘记了，所以所谓的修炼，或者是领受，就是把早年的那种眼光找回来，把那颗童心找回来，重新去看这个世界，并不是通过修炼。谁能给你一颗慧心？这颗慧心，人早已有之，只不过后来失去了。

郭慕清：就是所谓的蒙了尘，现在要做的是把它擦拭干净。

刘亮程：可以这么说吧！

郭慕清：刚才，我们提到"认领"这个词，你能谈谈你对"认领"的理解吗?

刘亮程:人需要认领的东西很多,尤其到了中年,尤其是我们看了那么多外面的世界,读了那么多外面的书之后,回过头来,需要朝着自己的家乡回望,朝着自己的过去回望,朝着养育过自己的乡土回望,而这些都需要认领。按照我们村里人的说法就是,上半生朝外走,下半生朝家回,人的腿总是一长一短,走着走着,就转圈回来了,不用谁来喊你。

郭慕清:那我们回来就是一种认领吗?我们又需要认领什么?

刘亮程:去认领那些早年经历过却没有认真对待的事物,因为你只有回过头来看你的生活的时候,这种生活才有意义。我理解的文学,是对人生的第二次回望。第一次经历是新闻,只有第二次回望的时候才叫作文学。《一个人的村庄》是我在城市,在乌鲁木齐,对我早年生活的一场漫长回望。回过头来看早年的生活,你才发现生活如此不一样,跟你早年感受到的生活完全不一样,仿佛重回人间。早年匆忙中遗忘的太多东西,被捡拾起来。

郭慕清:你当时创作《一个人的村庄》时,有没有一个特别契机?

刘亮程:只是在乌鲁木齐打工,获得了一次朝着家乡回望的机会,仅此而已。

二、闲事亦可惊心动魄

郭慕清：你觉得你写的村庄和别人写的村庄最大的不同是什么？

刘亮程：我是用一个闲人心态去写《一个人的村庄》的，没有写这个村庄中的春种秋收，没有写一年四季的盈亏，没有写村庄中一场一场的运动，我写了村庄中的人来人往、花开花谢，写一场一场的风，一场一场的梦，那个孩子独自穿越在村庄的黑夜中，趴在窗口听一家一家人做梦，然后当一个村庄的人都醒来的时候，他又独自睡着了，去做自己的梦。

郭慕清：你是在写一个村庄的"闲"？

刘亮程：是一个人的村庄之梦。把劳作放下，收成放下，一个彻底的闲人，"闲"到自己的心境像一朵云一样，一朵花一样，一阵风一样。

陶渊明是去找"闲"，寻一个世外桃源，到那儿去创造"闲"，他那种"闲"是造出来的。我这种"闲"自在自然，像有一阵没一阵的风，不知从何而起，又不知道从何而终。

我的书里塑造了一个闲人刘二，他整天扛着锨，在村里闲转，不用春种秋收。他最大的乐趣就是看，去看别人劳动，他跟虫子玩，他追着风跑，去丈量一场风有多远，他盯着一朵花开谢，他认为这是大事情。这样一个闲人，到谁家去从来不推门，等风把门刮开，然后进去，风又会把门关上。他每天最大的一件事情，早上站在村头，独自迎接日出，他认为这是大事情。

在他看来，太阳出来了这是天地间的大事情，改朝换代也没有日出这样的事情重大啊！但是，这么大的事情没有人关心啊！太阳出来了谁关心，整个北京城，每天太阳出来了谁关心，谁操心这个事。你家远方来个客人，都有人去接机、迎候。太阳这么大的事物从东方升起，都不管，北京城不管，整个国家也没人管。但是我们村子里的闲人管。闲人站在村头，庄严地迎接太阳升起。

每天太阳落下时，闲人又独自站在村西头，送走日落，他认为此时此刻整个世界最大的事情就是太阳落山，难道有比这更大的事情吗？闲事也可以惊心动魄。太阳一落，天就黑了，整个世界陷入黑暗，这才是大事情。这就是闲人做的大事。他操心的都是人们不操心的事。中国古代也有这样一个人啊，杞人忧天，几千年过去了，就出现了那么一个人，担心太阳落了再也不出来，我们其他人都不担心。

郭慕清：你对于"闲"是不是在某个特定时刻，有过顿悟或者是彻悟？

刘亮程：谁不想闲呢，闲是人的本能，但是你闲下来了，你就真的闲了吗？你脑子里还挂着太多东西。至少没有把这个世界的轻重放下。

郭慕清：这是不是就和佛经中所说的放下"我执"有些类似？

刘亮程：佛是去修的，让人脱离俗世，把俗事放下，把佛事拿起，强迫性的修炼。我说的"闲"，是人在生活和自然中的一种自在心理。

郭慕清：我看你的文章的时候，就想到三个字：渡，自在。

刘亮程：该是什么就是什么，该怎么样就怎么样，天下雨了就下雨了，一个人自在地接受自然的变化。然后，接受命运给他的整个人生。

郭慕清：你的这种自在，或者是放松，也是一点点认领来的？

刘亮程：应该是这样子的。

三、人生况味犹如一罐中药

郭慕清：很多人喜欢您的文章，但是也有人评价您的文章"看不懂"，您怎么理解这个现象？您觉得您的文章难懂吗？

刘亮程：文学的懂是一种心灵感受。而许多读者用价值判断取代心灵感受。这或许已经偏离文学。

郭慕清：他们没有走进你的体系？

刘亮程：我们一般的教育，从小学到中学到大学，价值教育太多了，创生了好多价值教育，把这些强加给孩子，从小就告诉孩子什么是对的，什么是错的，什么是高尚的，什么是卑贱的，什么是有价值的，什么是没有价值的，什么是伟大，什么是渺小，告诉孩子的都是这些内容。

郭慕清：这可能是家长、老师们怕孩子们犯错误。

刘亮程：我认为应该把一切平等的观念告诉孩子，人世间没有什么大与小，没有什么贵与贱，没有什么伟大与平凡。我们要让一个幼小的生命知道，只要他平安的、快乐的，哪怕是淡然平常、一无所获地度过这个人生，都是幸福的。

郭慕清：但是我们一开始告诉孩子的全是追求，要争取，要竞争。

刘亮程：是这样的。在我的作品中，我呈现的价值体系是平等的，没有大小，没有尊卑，没有好坏，没有纯粹的快乐和忧伤，没有单一的忧与乐、悲和喜。

郭慕清：没有单一的悲和喜，这怎么理解？

刘亮程：活到一定年纪，人生况味犹如一罐中药，酸甜苦辣熬在一起了。曾经有过简单的快乐，有过简单的痛苦。但是，苦与乐被揉作一团，成为一种情怀。

郭慕清：那这种情怀是不是比感情更高一些？

刘亮程：它应该更稳定一些，一般人，可能到了中年以后会有这样的心境，不会为了一件事情去突然地悲伤和喜悦了。

郭慕清：不以物喜，不以己悲了。

刘亮程：这种心境，就是五味杂陈。

郭慕清：那还有你在《对一朵花微笑》中看到一朵花，对一朵花微笑的心境吗？

刘亮程：当然有，它把人间的五味归于一味，这叫作真味。不是把一切简单了。一个人该笑时就笑了，笑中也有哭。该哭的时候，他就哭了，哭中也有笑。

郭慕清：我在你的一篇文章中看到，你说，你在创作《一个人的村庄》时，心境要更纯粹一些？

刘亮程：写《一个人的村庄》时，我三十多岁，跟你一样大，那个时候我还是青年，但已经很老成了。

郭慕清：你现在怎么看这种老成？

刘亮程：作家就是一个貌似老成，但是内心幼稚的人。他长着一个老年人的身体，但怀揣一个孩童的心，这就是作家。有时候，他的身体越老，内心的孩童就越小，乡下人也这样说，人一老，就变成小孩了。

郭慕清：这也是人生规律，老小孩啊！

刘亮程：作家也应该这样。

郭慕清：你觉得你是怎样一个人？

刘亮程：不好说。一个闲人。

郭慕清：每个人对自己有一个认识，就和世界观一样，你的世界观是和别人不一样的，你对自己的认识是不是也和别人对你的认识不一样呢？

刘亮程：通过学习认识世界，通过写作认识自己。写了那么多的人、草木牲畜，其实写的都是自己。

郭慕清：你的思想有受《庄子》影响吗？

刘亮程：一般人读《庄子》，把它当作一门深奥的哲学。我读《庄子》，一看就懂了，那是一种内心状态。这种状态一般人也有，你到村里面，去和那些老头们聊天，你会发现，村里面满墙根坐的都是"庄子"，只是你不屑于去读那些老头，那些老年人经世那么久，满脸沧桑，眼睛放着童稚的光，对过往行人充满好奇，你坐在那里，偶尔听他们说两句话，那都是至理名言。

郭慕清：我们现在读了那么多书，其实是走了一条南辕北辙的道路。

刘亮程：当然，课堂教育是需要的，我们缺失的是民间教育。回去跟你的爷爷奶奶聊聊天，听他们说说话，讲讲故事，尽管很唠叨，很啰唆，但是，这些东西是难得的。也去听别人的爷爷奶奶说说话。我们一般认为老年人太啰唆，说的全是废话。但是你耐心听听，他们比年轻人废话少。年轻人说的全是有用的话，有用的话全是废话，没用的话才是实话。那些人活了一生，偶尔一两句经验之谈，仿佛天人语。

四、我们遇到的所有麻烦，
##　　根源都在于怎么对待好坏

郭慕清：我看了很多乡村文学作品，很多作家的成长经历跟你不太一样，他们是城里人，或者是知青，他们的作品有一种"看客"，或者体验的成分在里面，你是生在村庄，长在村庄，写的也是村庄，你写出的关于村庄的文字好像是长在你的身上，自然流淌出来。

刘亮程：或许土地会像长出苞谷和麦子一样，长出自己的言说者。我只是写出了我在广袤大地中一个小村庄里的梦。但是乡村真的是那样吗？我完成的是一个文学的村庄，它跟那块土地血肉相连。但它是一个梦。

郭慕清：真实的乡村也有一些不好、不美的东西在。

刘亮程：在我的价值体系里，没有什么不好的，或者不美的东西，连这样的概念都不存在。存在不美的吗？哪有不美的？哪有不好的？这种价值判断无端地把一些事物判了死刑，归类到一个不该归类的方面去了。应该用一种宽和的眼光把这种好的，或者不好的，放在一起，去共同感受它。

郭慕清：有人说，要更好地感受美的事物，要学会用儿童的视角来看世界，因为儿童看到的是这个世界真善美的一面，所以我们用儿童的视角看世界，要把那些负能量、不太好的东西过滤掉，你怎么看？

刘亮程：儿童过滤了吗？儿童恰好没有过滤，他眼中的世界全是美的好的。很多人看似在用儿童的眼光来看世界，装出一颗无辜的童心，儿童真是那样吗？儿童的视角肯定要比大人的更丰富。现在很多儿童文学把世界简单化、好奇化、幼稚化，我要是孩子，肯定都不会高兴。孩子们看了也不会高兴，他们会笑话大人的智慧。孩童看到的必定是比我们看到的更丰富的世界、更饱满的世界，而不是更简单的世界。我们现在是大人假装孩子的眼光去写童话，然后再强加给孩子，孩子也不好说什么。

郭慕清：我们很多时候并不知道孩子们在想什么。

刘亮程：应该知道的，应该相信孩子比我们更丰富，因为他们没有好坏判断，没有我们所说的价值判断，所以他能够看到一个完整的世界，他不会把你认为不想看到的东西撇到一边去，他能欣赏你所谓的美，也能欣赏你所谓的丑。

郭慕清：那为什么孩子看到火，不觉得危险，还要去碰？

刘亮程：他不觉得危险，那种危险是你后来告诉他的。孩子也没有脏的概念，他们玩泥巴、土、捉虫子，在孩子眼里这些东西干干净净。

郭慕清：这就是"无为"吗？

刘亮程：世间所有的一切，都是有尊严、有存在理由的。你不能简单地把世间的东西分成好与坏，然后区别对待。古人讲"厚德载物"是什么意思，大地如此宽厚，承载万物，它承载草木葱郁的南方，也承载荒天野地的北方，承载风沙，也承载河流，承载好人，也承载坏人，承载猛兽，也承载温顺牛羊，承载着美，也承载着丑，这就是厚德载物。

古人都知道这样的道理，我们儒学教君子去学什么，就是去学这种胸怀，把天地间的好坏放下，先去承载，先去认领它。它是我们的，不是别人的，坏东西也是我们的，不是别人的，因为这个世界没有别人，是不是？你能把坏东西弄到哪里去呢？但是我们的教育中，早早就把好坏分开了。

所以，我们后来遇到的所有麻烦都是我们怎么对待好坏的问题，本来是没有问题的，一朵鲜花和一片败叶都是好东西，都是可以接受的。一个穷人和一个富人，应该也都是一样的，只是我们无端地给了穷人那么多不好的东西，给了富人那么多荣耀，让我们具备两种眼光，看穷人的眼光和看富人的眼光。那本来应该是一种眼光的。

郭慕清：假如真的存在这样一个世界，这样的世界会乱吗？

刘亮程：我想上天造这个世界的本意是没有尊卑，没有大小高低，没有好坏分别的。

五、一个孩子假如跑题百里给五十分，假如离题万里给一百分

郭慕清：假如当年《一个人的村庄》没有受到那么多关注，你现在的生活会如何？

刘亮程：还能有另外的生活吗？

郭慕清：那你是更喜欢作家的你、农民的你，还是什么其他角色？

刘亮程：对一个作家来说，文学创作只是一种状态，就像我现在的生活，上午写作，下午或许就在菜地锄草。文学教会了我一种感受生活和觉悟生活的方式与能力，并不能让我变成另外一个人。

郭慕清：我觉得，生活中能有闲心是最好的，把这种状态带到创作中，也能带来很多趣味。

刘亮程：闲是一种很高的境界，我在文字中创造的闲，不能等同于村人的闲懒，乡村无大事，若要闲事成趣，也不是几句闲笔可以实现。

郭慕清：你写散文，是因为生活的"闲"吗？

刘亮程：我的散文都是些闲散文字，供人消闲，不能让自己累，也不能让别人累。所以，文学中就要放弃功利，放弃对错，放弃好坏，放弃大小。用你的心重新去感知认领这个世界。

郭慕清：那留下的是什么呢？

刘亮程：留下的就是人的心灵在这些平常事物中的自由自在。你用闲时间去写那些斤斤计较的东西，仍然是不闲呀，不是吗？

郭慕清：我上大学的时候出版了一本小说，我写书之前，没有写过长篇，就是突然有一天看到别人都在写书，我也想要写。那时候的感觉很奇妙，仿佛不是我在编故事，在写小说，而是莫名中有一种力量在驱使着我写，因为我写第一章的时候，不知道第二章是什么，写故事开始的时候，我不知道结尾是什么。当时，跟我的同学做了一个比喻，好像新华字典中的汉字都摆在我的面前，我仿佛是一个大将军，写作是在调兵遣将，我说，今天这一列汉字出来，明天那一列汉字出来，然后这些文字就出现在我的文章里了，就是这样一种感觉，你有这样的感受吗？

刘亮程：这很好。写作本来就应该是这样的感觉，许多作家一开始写作的时候，也是这样一种状态，莫名其妙的，一种"无知的智慧"。

郭慕清："无知的智慧"？这个怎么理解呢？

刘亮程：写作的最佳状态是一句句地拨开自己的黑暗。而不是自己明明白白，给读者拨云见日。作家被"无知的智慧"引领，朝那个黑暗处走去，冥冥中似有一盏遥远的灯在召唤，你只是朝着它走，读者欣赏的是你的茫然、矛盾、焦虑、绝望和希望。你无所谓往哪里去写，写到哪里都是好的，因为不知道目的，所以处处是目的，没有路，所以遍地都是路。

我写《一个人的村庄》时，也是这样一种状态，我只知道第一句是什么，不知道最后一句是什么，我只是朝着一个"感悟"的方向去写，而不是朝着一个"意义"的方向去写。我写作也从来没有先起一个名字再写作的，每一篇文章都是无名的，写完以后，顺手摘文章中的一个句子放到前面，就算是名字吧。我一直不理解现在孩子们的"命题作文"，要有主题，要有观点，按照我的观点理解，"主题"的意义应该是让孩子们去"跑题"，而不是让他去"扣题"，一个孩子假如跑题百里给五十分，假如离题万里给一百分，应该这样去打分。

文学呈现的是人的想象和感悟能力，给一个主题，并不是要紧扣着这个主题去写，而是把主题放在千里之外，远远地看着它去写。写作者的笔意在云端而不在身边。我们的命题作文，就是怕学生跑题，羁縻学生的思维，那主题就是一个拴驴桩，牢牢钉在地上，让思维的驴子围着这个桩子一圈又一圈地原地打转，不敢走远，也走不远。

郭慕清：这即是所谓的"扣题"。

刘亮程：这样培养出来的孩子，除了主题就不知道世间还有其他路，只给一条"标准答案"的路，把千万条路变成绝路。

郭慕清：那您觉得写作是可以教的吗？

刘亮程：写作不可教，唯一可以教的就是让大家去敞开心，放松自己，无边无际地去想象。

六、家乡不动，时间流逝，
　　人不知不觉到了远方，这就是乡愁

郭慕清：很多人都说你的作品呈现了一种"乡村哲学"，你怎么理解"乡村哲学"？

刘亮程：是一种"慢哲学"吧。天地之间，季节是一条走不错的路。按春夏秋冬过日子，于日出日落间作息，在这种悠长的慢生活中活出来的慢哲学。现在城市人把"慢"当成时尚，其实我们的祖先老早就过着这样的"慢生活"，因为农业社会没办法快。陪伴我们的所有东西都是慢的，首先要在长夜中等待日出，然后日出而作，又在劳累中等待日落而息。在这期间，作物的生长是慢的，要等待种子发芽、开花结果，哪一步都快不了。在慢事物中慢慢煎熬，慢慢等待，"熬"出来一种情怀、一种味道、一种道德观念，这就是乡村文化，乡村哲学。

我们的农业文明，就是在等待麦子和稻谷黄熟的过程中，成熟起来的一种文明，它不同于其他文明。在这个过程中，我们把许多事情想清楚了，把许多秩序建立了起来。

我所写的可能是一种坐下来想事情的哲学。坐在土墙根，面朝着太阳，背靠晒热了的土墙，身前身后都是暖的，这时候一个人想的事情，或是人在天地间悠然自在的事情，虽有贫穷，有病痛，有苦难，但是太阳一晒，全都蒸发干了，剩下的是人在天地间的一种认命，一种"认命哲学"。我们祖先早已经认了这种命。认了命，才能在这种大的命运中自在地生活。假如不认命，那你就活得不舒服呀！要去抗争，去改变。历史上求变的事件多了，一场一场的农民运动都在求改变，但是最后又都回来了，那些造反的天下英雄，最后又都回到土墙根晒太阳了。乡村文化有一种让人走出多远都能回来的能力。

郭慕清：在现实中，乡村其实是一个不断消亡的概念，现在新农村建设、城镇化建设，鼓励很多农民进城，都在大力发展乡村工业经济，你怎么看待这个现象？

刘亮程：农民进城不见得就会出现乡村消亡，或许还会有逆城市化的力量转变局面。

即使农民都进城了，也会把乡村文化带进城市，城市不可能给他一个完整的文化体系，去完全地替代乡村文化。

郭慕清：那他的后代呢？

刘亮程：他的后代会慢慢变成城市人，但是这个过程非常漫长，至少有一些最基本的东西不会改变，我们还会在这样的文化中生老病死。

郭慕清：我们还是会有乡愁。你怎么理解乡愁？

刘亮程："乡"是家乡故乡，是乡村文化在我们心中代代积累。乡愁则是我们中国人共有的特殊情绪。

乡愁首先是一种文化情怀，从《诗经》时代，我们就开始怀乡，之后的楚辞汉赋、唐宋诗词，一直到现在，怀乡精神充满了中国文学。假如把怀乡从古诗词中去掉，那么我们的古典文学会逊色许多。这是我们的传统，一个"愁"字，千肠百结，千古传唱。

其次是城市人的乡愁，愁的是被扔在远处的家乡。他们怀念小时候的村舍、玩伴、青山绿水。从童年、少年走到了中年、老年，岁月远去，时间之河，将乡愁倒流回来。

郭慕清：你有乡愁吗？我觉得你一直生活在乡愁的那种状态里。

刘亮程：我从小就有乡愁，即使生活在乡村，但是时间远去，童年不再，岁月催人老，这些东西都容易产生乡愁。一个人在世间漂泊的感觉，它更多的跟你的家乡没有关系。家乡不动，时间流逝，人不知不觉到了远方，这就是乡愁。

七、任何一种生活都可能被写成经典

郭慕清：我看你的《一个人的村庄》，我感觉到的是你说的这种无大小、无高低、无尊卑、万物平常的价值体系，但是在《白鹿原》中，我们更多是读到了书中的"秩序"，与你的村庄不同，你怎么看？

刘亮程：陈忠实写的主要是白鹿原上的人事纷争、家族斗争，所以他没有办法用我这样一种态度去书写，他用这样一种态度去写，就无法写故事了。

郭慕清：其实乡村中的家族斗争也挺多的。

刘亮程：一定程度上，我们的乡村文学其实是农村文学，写的多是土地上的运动，一场又一场你来我往的运动。让乡村进入这样一种叙述体系，没完没了的争斗，一代又一代的仇怨，这不是我想看到的乡村。我觉得，比这样一场一场的乡土运动更重要的，是人的生老病死。但是很少有作家把生命当成一个主体去写，许多是把社会背景当成一个主体去写，我们看到的是大背景裹挟下的人。

郭慕清：我看一篇文章介绍，说您读书是"不求甚解"，到底是怎么样的一个"不求甚解"？

刘亮程：读书和看天地一样，看几眼，看明白就行了。

郭慕清：但是我看你看一朵花，盯一只小虫，非常仔细，这是一种"很求甚解"的感觉。

刘亮程：看天看地即是读书呀！不见得非要抱着书去看，你看书的目的就是能获得一种方法而已。假如你明白这种方法了，那你看书干什么？看书就是学习吗？假如有一本书跟你产生了共鸣，跟你的心灵去沟通，这就叫作交流，就不能称之为看书了，这是两颗心灵的相遇。一般的看书都是学习，抱着学习的态度去看书，又有功利了，又不能专心欣赏了，老是盯着人家的好句子，盯着人家的结构，一本书是让你这样读的吗？

一本书假如你能读进去，你应该是心灵跟着文字去行走、去游历的一个精神历程,这叫作读书,获得一种别人不曾有的情感经历。作家读书都是看别人怎么写的,一般人读书可能比作家更纯粹,他们能够读进去,把自己的情感融入一本书中。

郭慕清:能够进入那本书的状态里。

刘亮程:是,这很好。

郭慕清:你的作品给人一种闲人闲趣的味道,我特别想知道在生活中,你有没有那种特别纠结、激烈的思想斗争,有那种被撕裂的感觉?

刘亮程:我没有那种特别激烈的情绪,别人看我老觉得我不爱笑,愁眉苦脸,其实我内心是欢喜的。

郭慕清:我看你写的《先父》,有深深的伤怀的情绪在。

刘亮程:这是人之常情,但是写完了,也就释怀了,有时候文学就是一个倾诉吧!

郭慕清:很多人从你的成长经历、生活环境来看,会觉得你应该比较缺乏创作素材的,可你的出现给我们带来太多的惊喜,甚至是惊讶了,你怎么看待这个问题?

刘亮程:谁都不会缺少创作素材。

郭慕清:可能是我们平常讲的文学创作素材一般是指那些很戏剧性的、具有强烈冲突的东西。在新疆,在您的生活中,可能这种东西少一些,生活更平淡一些。

刘亮程:任何一种生活都可能被写成经典,一事一物皆可入文,只是我们对这种生活不认识,我们只知道它的皮毛,不知道它的内涵。题材能决定一部作品?一个作家找到了一个好题材，就能写成一部好作品？我觉得不是的。真正的文学创作，连素材都是原创的。只有原创的素材才能成就一个原创的伟大作品。哪一个伟大的作品是借用一个现实的题材，或者借用一个典型的题材的？《红楼梦》是谁给曹雪芹的素材？

郭慕清：这与曹雪芹的成长经历有关。

刘亮程：他的成长经历，也是他原创的。

2014.10

新华网访谈

当你站在新疆
看中国

我是新疆人,在新疆出生、长大,这么多年未曾离开。新疆是我的家乡,家乡无传奇。对你们来说遥远新疆的传奇事物,对我来说都是平常,我没有在我的家乡看到你们想象的那个新疆,那个被边缘化、被魔幻化,甚至被妖魔化的新疆。至少我个人的生活,我认为是平常的,我从来没有书写过新疆的传奇。我从来没有猎奇过新疆,因为新疆的一切事物都是我熟悉的,我看着它们看了半个世纪,在我眼中它就是一个我生活的新疆。

如果说新疆有什么特别的话,那就是造就了我这种新疆人的长相。我是一个汉人,但我的长相看上去很怪,像西域胡人。我在文联上班的时候,经常有维吾尔族、哈萨克族,或者蒙古族同事推开办公室,用他们的语言跟我打问一个人,或者说一个事,我知道他们把我当成自己的同族了。确实,我的这个长相聚集了新疆各民族的特性。早年我留点小胡子，走到街上，人家都跟我用维吾尔语说话。后来我把胡子剃了，好多蒙古人跟我说蒙古语。我长得既像维吾尔族，又像哈萨克族，还有点像蒙古族，也像回族。所以，我在新疆的人群里，就是一个区分不出民族的人。

新疆怎么能把一个人造化成这样的呢？一定有它内在的特别的东西。也许是新疆的干燥气候、辽阔地貌，刻画了我的面孔和表情，使我有了一种特别的眼神，看人看东西都跟内地人不一样。这种眼神，确实跟新疆的地理环境有关，一眼望不到边，太阳直射下来，人的眉毛必须朝下沉，眼睛也朝里凹，久而久之，眼窝深进去，眼球就朝里面长了，目光像从很深的地方探出来。这也许便是汉史中"胡窥中原"的眼神。

我们把眼光投到唐代，那时候好多文人志士、将士，胸怀国家，奔赴西域去参战，留下那么多辉煌诗篇。岑参就是其中的代表之一。唐代是从上而下，从文人阶层，到官僚阶层，到国家上层，都胸怀西域的，所以它才能有那么大的西域版图。

大家都说，不到新疆不知道中国之大，一般人可能会理解为新疆在地理上占中国的六分之一，这么大一个版图，你到新疆后才会看到中国之大。我的理解是，到了新疆，你其实是站在了中国的西北角上，朝东在看你的祖国，看你的山河，看你的民族和历史，这样看的时候，你的眼中加上了新疆这六分之一的版图，加上了新疆这几千年的历史文化，加上了这些文化所赋予我们的所有内涵。

当你站在新疆看中国的时候,你的眼睛中不仅仅只有黄河、长江,还会有塔里木河,有额尔齐斯河,有伊犁河;你的眼中不仅仅有泰山、黄山、庐山,还会有天山、昆仑山、阿尔泰山;你的眼中不仅仅有唐宋诗词,还会知道唐宋诗词之外我们国家的两大史诗《江格尔》和《玛纳斯》,还有维吾尔族悠久的木卡姆诗歌,哈萨克族、蒙古族等各个民族的文学和文化。

这样看中国的时候,中国当然大了,你把新疆那六分之一的国土加到自己心中了,把那六分之一国土中的文化和历史全部加给中国了,中国能不大吗?这是从西北角上看中国的一种眼光。

当然。中国本就是大的,我希望大家都到新疆,站在中国的西北角上面朝东方去看一看自己的祖国,看一看自己的山河和文化,这时候对中国的信心也就大了。

几年前,我在北大听一位著名的古诗词专家讲古代诗歌,从《诗经》讲起,到唐诗结束。他认为唐诗的高峰之后,中国诗歌步入低谷,已无大观。我在课后交流中,对这位专家说,我不同意你的看法,我们国家的三大史诗,《江格尔》《玛纳斯》《格萨尔王》,恰恰是在唐宋诗词之后的几百年间,由边疆游牧民族创作完成的,这是中国诗歌的又一大高峰。这个高峰完全不同于唐诗宋词的小诗小令,它是鸿篇巨制,一首《玛纳斯》长达百千万行,浩浩荡荡,体量超过全唐诗。我问这位专家读过这些史诗吗,答:不了解。

不了解就可能被忽略，在我们的语文教材中，三大史诗也被"忘记"。

我曾经倡议，我们中国的汉语读者多关注边疆少数民族作家的写作，我们不要把眼睛只盯着欧美、拉美那些国家的文学。其实在新疆肯定有同样的有价值的文学，它们被翻译成了汉语，它是我们中国这个大家庭中的少数民族文学，是另一种语言的另一种思维，我们需要关注。我一直在读翻译成汉语的少数民族作家的作品。我生活在新疆，用汉语写作，但是还有那么多的作家，他们用维吾尔语、用哈萨克语、用蒙古语在写作。写作本身是一种秘密。我们需要知道别人的心灵秘密，需要知道同样生活在这片土地上的人们，过着同一种生活的作家们在想什么。当我用一本书呈现出我的新疆生活的时候，我非常希望知道阿拉提·阿斯木用维吾尔语呈现了怎么样的一种新疆生活？当我写到有关新疆的一个事件、一段生活的时候，我也很想知道，哈萨克语的文学是怎样表达它们的？我们需要相互倾听，相互看见。这几种语言之间的关系非常微妙，每一种语言都在表述同一个地方，但是表述的方式和内容肯定千差万别。所以写作的秘密真的是这样，作家从事的就是这样一种通过文学来显露心灵的职业，通过文学来做沟通。我在新疆也谈过，假如汉语和其他少数民族语都不相互阅读了，不相互欣赏了，这是一种多么残酷的现实。

文学艺术是人类最古老的心灵沟通术。文学是上帝留给人类的最后一个沟通后门。当我们用其他的形式不能保持正常沟通的时候，那么文学这种沟通就变成了最后的门，因为在文学中作家呈现的是人，文学是一种讲感情的艺术，大家都回到人这个地位，把民族放下，把宗教放下，把文化放下，坐到一块儿讲人的感情，这是可以讲通的，文学恰恰讲的就是这一点。所以，各民族之间相互的文学阅读是多么的重要和必要。

我在新疆写作，写的也是新疆题材。我的所有文学，都在努力理解和呈现这块土地上的生活和梦想。作家必须面对这样一个复杂时代、复杂社会、复杂人性，言不可言之言，呈现不可呈现的事物。

2013.1.1

北京今日美术馆演讲

2018 修改

那个让我飞
起来的梦

我年少时常做噩梦，在梦中被人追赶，仓皇逃跑。

我在《一个人的村庄》中写过这个梦境，我被一个瘸腿男人追赶，在暗夜里奔逃，四处躲藏，我躲在柴垛后面、破墙头后面、水渠后面，都被他找到。我在这样的逃跑中一次次地经过我家院子，看见院门半掩，我竟不往家里躲藏，似乎我怕让后面的追赶者知道我的家。我在惊慌奔跑中逐渐地远离家，远离村子，眼前是无尽的荒野。

在这个被我写出来的梦中，我最后逃到了城市，以为那个瘸腿男人不会再追来，可是，他竟然追到我在城市的梦中。

在更多的没有被我写出来的噩梦中，后面追我的人却越来越近，我恐惧万分，腿被拖住，怎么也跑不快，眼看被追上了，我大声喊叫，有时能喊出声音，有时喊不出声音，只是惊恐地大张着嘴。那个黑暗中大张嘴的面孔我无法想象。

而就在这时，突然地，我飞起来了。

我一直在想，那个让我在噩梦中一次次地飞起来的，到底是什么。当我从极度恐惧危险中突然脱离地面飞起来时，我看见追我的人没有飞起来，他被我甩掉了。如果他也能飞起来，追到天上，我便再无处逃了。可是，那些梦没有给他飞的能力。也可以说，尽管我做了一个噩梦，但那个梦里追我的人，没有像我一样有飞的能力。

我从来没有细想这个梦的意义，这样的噩梦伴随着成长，也没有把它当一回事。毕竟只是梦，影响不到醒来的生活。

我也曾经问过一些人，在他们青春时有没有做过这样的梦。很多人都说有过被人追赶的噩梦，但不记得或不明确会不会在梦里飞。

我问，当你在那个噩梦中眼看被追上，你怎么办？

他说，惊醒呗，醒来就没事了。

当然，醒来是一个解决噩梦的办法，当梦中发生不能承受的惊恐时，及时让自己醒来，似乎是一个选择。醒是梦的结束，无论多坏多好的梦，眼睛一睁都消失了。在这里，现实世界的醒来，成为躲避噩梦的安全岛，梦中再大的伤害，都不能延至醒后。对于大多数人，能从噩梦中醒来，是一件多么庆幸的事情。

但是，还有一种解脱噩梦的方式，不是从梦中醒来，而是直接飞起来。这是一个更好的办法，它把梦中的危害在梦里解决了，没有带到醒来的现实。

而且，一旦在梦中飞起来，一切都瞬间反转过来，地上的惧怕不在了，你明确地知道，追赶者不会追到天上。这样的梦可以做到天亮，睡眠可以安稳地延至天亮。

不让噩梦惊搅和中断睡眠，把梦中的不测在梦里解决，一个飞起来的梦，一种在梦中飞翔的能力，是做梦者的天赋，还是上苍给所有梦的配置？

现在我还清晰地记得，我在梦中飞起来的感觉，地上的恐惧和重负突然放下，脱身开来，轻松和释然瞬间回到心中。我还记得我在空中飞翔的样子，我脸朝下，双臂张开，像一只大鸟一样展开翅膀。有时我会变化花样，一只手臂张开，另一只并在身旁，我用一只翅膀飞。有时，我会把一只腿弯曲，翘起来，像飞机的尾翼一样高耸。

我还记得在我身下，是迅速往后飘移的荒野和村庄，而头顶，则是漫天繁星，挨得很近，仿佛我加入她们中间。

随着年岁日增，我逐渐地记不清晚上做的梦，夜变成了真正的黑夜，我再看不见睡着后的自己。以前那样的夜晚再长再黑，梦毕竟是亮的，让我知道自己在睡着后都干了些什么。

记不清楚的梦，是被黑夜吞噬的梦。

但我知道自己依然在做梦，在梦中笑、哭、惊叫。只是不清楚那些梦里我遭遇了什么。

曾经有一段时间，我再不做那个被人追赶的梦，我以为是自己长大了，梦里追赶我的人，也知道我长大了。我还想着，要是再在一个梦里我被人追赶，我一定不逃跑，而是转过身，看着那人走近，认出他是谁，多少年来我都不知道那个梦中追我的人是谁，我不敢回头看。成年给了我足够的勇气和力气，一旦我在梦中遇见他，我会一拳打在他脸上，让他知道我的厉害，以后无论何时都再不敢靠近我。

可是，我在梦中似乎从来没有长大过，我依旧会做噩梦，只是次数少了。再后来，做梦的次数越来越少时，我知道好多梦其实被我忘记了。

我才又想到，遗忘也是对付噩梦的一个办法，不管我在长夜的梦中遭受什么，我都不记得它。

或许那样的梦里，我依旧在飞，但我忘记了。

或许我在梦里早不会飞了，我的梦也早已世故地认为我没有飞的能力，不安排我天真地飞翔了。

可是，我的醒却越来越相信了自己飞翔的能力。

当我在写《一个人的村庄》，写《虚土》，写灵光闪烁的《捎话》时，我知道自己在飞，在我的文字里飞。

这些文字负载土地上的惊恐、苦难、悲欣、沉重，拖尘带土，朝天飞翔。

文学是教人飞翔的艺术。

那个在少年的噩梦中一次次让我飞起来的能力，成就了我的文学，我从那里获取了飞起来的翅膀和力量。

也许每一种生活，都有一种文学的拯救方式，就像那些被魇住的梦，得到了解脱。文学，解决不了现实生活的问题。文学只解决文学问题。文学不是文案，需要我们照着去实现。文学只是我们对现实生活的想法，而不是做法和办法。但是，正因为文学是一个想法，这些想法本身，却为生活打开了无数的窗口,这个虚构世界的阳光,有时竟可以把现实世界的黑夜照亮。

2019.1

南京航空航天大学演讲整理

用文学艺术的力量
改变一个村庄

菜籽沟是新疆木垒县英格堡乡的一个自然村,以前村里人种油菜,每年油菜花开时,整个山沟一片金黄,村里的老油坊日夜不停地榨着菜籽油。村庄因此得名"菜籽沟"。现在村里人不种菜籽了,油菜籽卖不上价钱。可是,不管村民种什么,地里都会密密麻麻长一层油菜籽。我想,这就是土地的厚道,只要你播一次种子,她就会生生不息长下去。

我们也想在这个村庄播一次种子。

2013年冬天,我们偶然进入菜籽沟村时,一下就被她吸引了。村里全是老房子,汉式廊房建筑,木梁柱,木门窗,土坯或干打垒的墙,长着老果树的宅院这三家那两户地散落在沟里,整个村庄像一桩突然浮现在眼前的陈年往事。我们沿路一户一户地看,每个院子都像旧时光里的家,有一种久违的亲切和熟悉。

正遇上一户人家拆房子，院墙已经推倒，一辆大卡车停在院子里，几个人站在房上掀盖顶，瓦檐、油毛毡、泥皮、麦草和苇子，一层层掀下来，房顶渐渐露天，圆木结构的担子、梁、椽子整齐地暴露出来，还有砌入土墙的木框架。我们边拍照边看着这些木头一根根拆下来装上汽车，运走。一个百年老宅院只剩下几堵破土墙和一地的烂泥皮土块。

打问才知道，这户人家搬进了城，老房子六千元钱卖给了木头贩子。陪同的村干部说，村里好多老房子卖给木头贩子拆掉了。这个村子原有四百多户人家，现在剩下二百户，一半人家搬走了，留下的也都是老人，眼看种不动地。

我们沿路看见许多没有人烟的老宅院，或许迟早也会被拆了木头。

菜籽沟和她旁边的四道沟，是早期人类的温暖家园，她处在东天山特殊气候带，冬天暖和，春夏雨水充足，肥沃的坡地随处能长成粮食。早在六千年前，古人就在这里生活，留下诸多珍贵遗址。现在的居民多是清代或民国时到达这里的汉民。村里少有平地。他们垦种山坡旱田，因为坡陡，农机上不去，原始的马拉犁、手撒种、镰刀收割、木轱辘车、手工打麦场等传统农耕方式在菜籽沟依旧完整保留。可是能干这些农活儿的人都老了，年轻人外出打工。这个古老村庄和半村饱经风霜的老农，也都快走到尽头。

回到县城，我连夜给木垒县委起草了一个方案，提议由亮程文化工作室入村，抢救性地收购保护一批村民要卖的老民宅，然后动员艺术家来认领这些老院子做工作室，把这个行将荒弃的古村落改造成一个艺术家村落。方案当即得到县领导的肯定和支持。就这样，我们在乡政府和村委会的积极配合下，用一个冬天时间，收购了几十个老院子。本来一个院子卖几千元钱，我们一收购，都涨价了，涨到几万元。有的人家干脆不卖了，等更高的价格。

我们收购的最大一个院子就是村里的老学校，占地四十亩，四栋砖木结构教室，废弃后当了十多年羊圈。我们从教室的厚厚羊粪中清理出讲台、水泥地面。修整好塌了的房顶，换掉破损的门窗，在杂草中找到以前的石板小路，一个破败多年的老学校，被我们改造成了菜籽沟的文化中心——木垒书院。

现在，已经有几十位艺术家落户菜籽沟，他们大都是我的朋友。我打电话说我发现一个荒弃的老村子，几万块钱就能买一个老院子，赶快认领一个做工作室和养老。他们都信任我，卡号发去钱便打过来。待春天雪消后开车来村里一看，都喜欢得不得了，没见过这么美的村子，没想到会在这么完好的古村落里有了一院自己的房子。本来要拆了卖木头的老院子，就这样在艺术家的妙手中获得新生。每个老宅院都变成一件可以居住生活的艺术品。先入村的艺术家又引来更多艺术家。我们在村里成立了菜籽沟艺术家村落，我当村长，自己任命的。

村委会姚书记当了几十年村干部，当老了，在村里威信高，他带头动员村民把房子卖给我们。他对村民说，艺术家来了，对我们的下一代有好处，以后我们的娃娃会变得有文化。村民说，我们都老了，哪会有娃娃？

确实，2016年菜籽沟所在的英格堡乡，只出生了两个孩子，我听了心里慌慌的，往后多少年，这些乡村只有走的人，没有来的。村里的老木活儿只剩下做寿房的，生意不断。书院请老木匠做一个大木桌，都推辞了，说赶做寿房呢。有几个老人病卧床榻，眼看不行了，家人过来看了板子，交了押金，催着快做出来。那个活儿等不及，人说没有就没有了，不能到节骨眼上活儿没做出来。只要村里有红白喜事，不管谁家的，邀不邀请，我们都过去随个份子，参加一下。今年书院随了几千块钱，大多半是丧事。我们院子后面住的老太太就是上个月不在的，我好像都没见过她，没来得及和她照个面，打个招呼说句话，她就不在了。外面亲戚来一大堆，小车把路都堵了。去世的老人把走远的亲人都召回村子，好多菜籽沟的年轻人回来了，孩子回来了。他们回来看见我们在破败的老学校里修建的木垒书院，在荒弃的民宅上改造的艺术家工作室。他们一定不会想到，在他们离开菜籽沟的好多年后，一群艺术家入住到村子，在他们的家乡过起日子。他们扔掉的乡村生活，被另一些人捡起来。

我们改造书院老房子，尽量雇用村民。2015年到2016年，村民从书院挣走了一百多万元劳务费。能雇来干活儿的都是六十多岁的老人，干一天泥活儿一百五十元工钱，也不便宜。那些村民从不觉得自己是老人。这些改造老房子的活儿，也只有他们会干。

在菜籽沟的第一年秋天，书院种的三亩地洋芋丰收了，得挖个大菜窖。雇两个六十多岁的村民，说好价钱六百块挖好菜窖。我坐在坑沿看他们往上扔土，其中一个仰头看着我，说："老人家，你这么大年龄了，还到我们沟里来创业？"

我说："老人家，我是来这里养老过日子的。"

其实我才五十三岁，他们怎么看出我比他们还老呢？他们活得忘掉年岁了。本来这个菜窖他们计划两天挖好，一人一天挣一百五十块。结果挖了四天，干赔了。

村里许多老人都不知道自己老了。路边见一老者，提镰刀从坡上下来，腰直直的，气不喘。问：多大啦，还割麦子？答：九十岁了，一天割一亩地麦子没麻大（新疆话：没问题）。问：干这么多活儿累吗？答：也不觉得。

不觉得就已经老了。老了也不觉得。

村民对我们在菜籽沟的一举一动都非常好奇，诗人小陶在沟里头收拾出来一个院子，经常有画家住她家画画，那一片的村民几乎都去串门参观。书院的修建和改造也引来村民观看。村民说，你们修这么大一个书院，鬼来上学？村里小学二十年前就卖掉拆了木头，破墙圈还在。中学荒废了十几年，变成羊圈。

我们确实也不知道修这么大一个书院干啥，只是觉得这么大一个老学校荒了可惜，就买下来。村里那么多的老宅子拆了可惜，也买下来。买下来的第一年，几乎啥都没干，想了一年，才想清楚要干啥。

自治区旅游局的领导来看了菜籽沟，很感慨，说这个老村庄能保留到现在，太难得，要我一定先保护好，慢慢来，别让她变了样子。我说，我们或许没有能力让菜籽沟有多大变化，但肯定有能力让她不变化。

不变化是我们对这个古村落的承诺。可是，我们已经阻挡不了她的变化。

当初我们入驻菜籽沟时，就跟村委会签订有七十年的独家经营权，由亮程文化工作室来保护、宣传、建设这个行将荒废的村庄。合同约定了我们的投入：在未来五年内，吸引百位艺术家入村建工作室，将菜籽沟打造成新疆最大的艺术家村落；将木垒书院建设成新疆最大的国学书院；帮助村上筹集资金修村道，改造危旧房屋；原址复建土地庙、山神庙、龙王庙等，把菜籽沟打造成旅游文化名村。

这些承诺都在一一落实。

第一年，县上给了菜籽沟近一千万元拔廊房保护资金，给每户补贴一万八千元，修缮老房子。结果干了件坏事。这些钱的用途上级建设部门有严格规定，必须花在换门窗、换前墙、铺房顶油毛毡上。不然报不了账。好多老式木门窗被拆了，换上廉价又难看的塑钢门窗。建设部门只考虑让农民的门窗保暖，却不考虑老门窗正是这些老建筑的文化脸面，就这样破坏了。还有，给老房子换前墙说是为抗震，一个四面土墙的房子，仅仅把前墙拆了换成砖的，其他三面还是土块的，抗什么震？个别老房子的老脸面也这样毁了。

村里的道路已经立项规划，2016年动工修建，2017年完工。这是村民期盼的大好事。

设立"丝绸之路木垒菜籽沟乡村文学艺术奖"，也是件大好事。木垒县每年筹集一百万元，委托书院设立奖项，奖励对中国乡村文学、乡村绘画、乡村音乐和乡村设计做出杰出贡献者。今年是首届，奖励给乡村文学。明年奖励乡村绘画。用评委李敬泽的话说，"她是中国最低文学艺术奖，因为低到了土地里，她也是中国最高文学艺术奖"。这个奖会一年年地办下去，偏于一隅的木垒菜籽沟，每年会有一个时刻被中国诸多媒体所关注，成为小小的一个中心。

我们还筹了点钱，想先把村里的土地庙复建起来，我们要在这里动土建筑，得先给土地念叨一声。以前村民盖房子，动土前都先给土地神烧香。村民知道自己村子的土地先是神的，后是村委会和土管局的。土管局领导来，我说在这建个土地庙，给你招呼一声。领导说，我们都先给人家（土地神）招呼一声。村民得知我们要修庙，有的说要捐一根木头，有的说白干两天活儿。菜籽沟村以前有土地庙、山神庙、龙王庙、佛寺，都毁了。在过去的几十年里，一次次的运动，从这个村庄拿走太多东西，我们希望能够归还一些东西给村庄。菜籽沟曾经是一个乡村文化自足体，那时村民有什么事情，庙里烧个香念叨念叨就解决了。现在乡政府成了唯一的"庙"，村民有大小事情都找乡政府。村庄原有精神文化自足体系被破坏了，乡政府和农民赤裸裸、面对面，诸多矛盾没有回旋余地，本该村里能解决的，直接到了乡里；

本该乡村文化体系可以内部就地解决的，转移到了县里省里中央。

现在，菜籽沟木垒书院已经修建得像个学堂了。我们筹备冬闲时开培训班，先给村民上课，让他们懂得如何保护利用自己的老房子做民宿客栈，不要让城市淘汰的建筑垃圾进到村里。我们还希望培训县乡干部，给他们上国学课，上乡村文化课，让他们知道乡村的价值所在，在规划改造乡村时手下留情，别再把有价值的东西毁了。乡村是中华文化的厚积之地，懂得乡村方能保护发展好乡村。国学其实就是中国百姓的生活学问，早已被村民们过成日常生活。上层把儒学当执政策略，知识分子把它当学问，只有农民，老老实实把儒学当家学，用它治家过日子。中华文化之所以延续几千年不断，是因为文化根基在乡村，朝代更替只是上层的事，乡村层面是稳定的。

在菜籽沟，每个农家宅院里，都包含着丰富的中华文化精神，从房屋建筑，到家庭居住安排，都有讲究。内地传统的廊房建筑，朝西传到新疆菜籽沟，一路丢失，简易成一排廊檐土房子，但规矩依旧，正门进去，两厢分开，长者住上房，房顶的木梁也是大头朝东。南北横着担子小头朝南，南是万物生长的方向。不管家人识不识字，儒家文化都统管着家庭，长幼孝悌，这是活的儒学，早已成为村民的生活方式。

还有家畜，也是这个宅院的重要成员。

一个农家院子，其实也是一个人与万物和睦共居的温暖家园。院门对着是狗窝，狗看门。狗窝旁是鸡圈、羊圈、猪圈。我们和它们一起生活了几千年。改造一个老宅院，要保留那些古老生活信息，旅游就是回家，一个完整保留着人与万物共居的丰富家园，谁不想住一宿呢？2016年，我们选二十户有条件的村民做民宿客栈，由书院和艺术家免费帮农民做设计，争取县乡资金扶持。

2017年，木垒县投入两千万元，建成木垒书院国学讲堂和菜籽沟美术馆。

2018年，县上专门为菜籽沟艺术家村落成立了领导小组，有一位副县级领导专门负责与艺术家对接，解决艺术家及木垒书院面临的困难和问题。前期落户并建成艺术家工作室的十位艺术家，获得木垒县每户十万元的补助。第二届菜籽沟乡村文学艺术奖，也在2018年9月在新建的国学讲堂举办了隆重的颁奖典礼。新华社、新浪网、腾讯网等国内主要媒体再次聚焦菜籽沟。

这个村庄的命运，也许真的被我们改变了。以前村里只有一个小杂货店，现在开了好几十家农家乐。每到周末游人络绎不绝，来写生创作的画家一拨一拨住进村里。菜籽沟真的活过来了，一些搬走的村民又迁回来。我们这些外来者，也将面临跟村民的诸多矛盾。我们认领了一个别人的家乡。我们将在这个村庄里没有户口和合法宅基地地居住下去。乡村，或许只是飘浮在心中不肯散去的一朵云，那朵云里蓄积着太多我们关于家园的理想，自《诗经》开始，这个家园便被诗意地塑造在地上和云端。我们怀揣古老的乡村梦想，或许到达的只是现实中的一个农村：菜籽沟。不管是我们认领了她，还是她收留了我们，都不妨碍我们在这个村庄里延续自己的乡村之梦。

木垒书院讲座整理

修改于 2018.10

对一个村庄的认识

——答诗人北野问

每个人都有自己的一个村庄

北野：你是以散文集《一个人的村庄》（新疆人民出版社 1998 年版）引起人们注意的。在那本书中你曾说："我全部的学识是我对一个村庄的认识。"而你的那个村庄，就是你度过童年、青少年时光的沙湾县的黄沙梁村。你认为你的村庄在世界的中心，还是在世界的外面？它和当今世界有无关系？有什么关系？

刘亮程：每个作家都在找寻一种方式进入世界。我们对世界、对人生的认识和理解首先是从这个世界的某个角落、某件东西开始的。村庄是我进入世界的第一站。我在这个村庄生活了二十多年。我用这样漫长的时间，让一个许多人和牲畜居住的村庄，慢慢地进入我的内心，成为我一个人的村庄。

每个人都有自己的一个村庄。

我们用一生的时间在心中构筑自己的村庄,用我们一生中最早看见的天空、星辰,最先领受的阳光、雨露和风,最初认识的那些人、花朵和事物。当这个村庄完成时,一个人的内心世界便形成了。这个村庄不存在偏僻与远近。对我而言,它是精神与心灵的。我们的肉体可以跟随时间身不由己地进入现代,而精神和心灵却有它自己的栖居年代。我们无法迁移它。在我们漫长一生不经意的某一时期,心灵停留住不走了,定居了,往前走的只是躯体。

那个让人心灵定居的地方成了自己的一个村庄。

心灵总是落后与古老的。

我们相信、珍爱心灵,正是由于它落后而古老。

现代生活只是一段躯体生活,它成为"过去"时,心灵才可能缓缓到达这里。

至于现实中的那个叫黄沙梁的村庄,它曾经是我的全部。当我出生时,世界把一个村庄摆在我面前,这跟另一个人出生时,眼前是一座城市、一片山林,抑或是另一个国度一样,没什么区别。重要的是一个人的生命和他对生存世界的体验由此开始了。生活本身的偏僻远近、单调丰富、落后繁荣,并不能直接决定一个人内心的富饶与贫瘠、深刻与浅薄、博大与小气。

我相信在任何一件事物上都有可能找到整个世界,就像在一滴水中看见大海。

展现博大与深远的可能是一颗朴素细微的心灵。那些存在于角落不被人留意的琐屑事物，或许藏着生存的全部意义。

对一个作家来说，没有偏远落后的地方，只有偏远落后的思想。生活在什么地方都是中心。你能说出长安街旁一棵被烟尘污染得发黑的松树离首都生活到底有多远吗？而长在深远山沟里一棵活生生的不为人知的青草不正生活在整个生存世界的中心吗？当人们在谈论《一个人的村庄》时，这个村庄便已经成了中心。

真实的生存大地被知识层层掩盖

北野：请向读者介绍一下你的个人经历、你的文学观和你对成为一个优秀作家的基本条件的看法。

刘亮程：我在天山北部古尔班通古特沙漠边缘的一个小村庄里出生长大，种过地，初中毕业考上农机校，后来在乡农机站当农机管理员，一当就是十几年。这份差事，相当于大半个农民。虽然不用下地干活儿，但一年到头大部分时间也还是在田地里转。所以说我是个农民肯定是没错的。

其实经历本身并不重要，我们那一村庄人，和我经历了大致一样的生活。他们都没去写作。到现在种地的还在种地，放羊的还在放羊。只有我中断了这种生活，我跑到了别处，远远地回望这个村子，我更加清楚地看见了它们：尘土飞扬中走来走去最后回到自己家里的人、牲畜，青了黄，黄了又青的田野、树。被一件事情从头到尾消磨掉的人的一生，许多事物的一生。在它们中间一身尘土，漫不经心又似一心一意干着一件事情的我自己……这些永远的生活在我的文字中延续下去，那些没干完的活儿我在心灵中一件一件完成着它们。

生活本身启发了我，使我有了这些文字。

我生活，说出我生活的全部感觉。这就是我的文学。

我不太在乎别人说了什么。对我而言，真实生活是从我开始的。我自己的感受才最有意义。作家都是通过自己接近人类。每个作家都希望自己最终发出人类的声音，但在这之前他首先要发出属于自己单独的声音。

有人问我对自己没上过大学，没受过高等教育是否遗憾。我认为对一个写作者来说，最高等的教育是生存本身对他的教育。你在大学念书那几年，我在乡下放牛，我一样在学习。只不过你们跟着教授导师学，我跟着一群牲口学。你们所有的人学一种课本，我一个人学一种课本。你们毕业了，我也学会了一些东西，只是没人给我发毕业证。

除了书本，我们已越来越不懂得向生存本身，向自然万物学习了。接近自然变成了一件困难的事。人类的书籍已经泛滥到比自然界的树叶还要多了。真实的生存大地被知识层层掩盖，一代人从另一代人的书本文化上认识和感知生存。活生生的真实生活被淹没了，思想变成一场又一场形成于高空而没落到地上的大风，只掀动云层，却吹不走大地上一粒尘埃。能够翻透书本最终站在自己的土地上说话的人越来越少。更多的人一生活在一本或一大摞书本之上，就像养在瓷瓶中的花木，永远都不知道根在广阔深厚的土地中自由伸展的那种舒坦劲儿。我并不是说作家可以不去看书，这个时代除了书你还能去看什么呢（电视、电脑也是另一种书），书已经过剩得使读书早不是什么问题了，但却使书本身成了我们面对的一个大问题。

至于造就一个优秀作家的基本条件，我想这跟长成一棵树差不多，有深厚的土壤，有水、阳光，有足够长的时间，而且不被人砍伐，就可以了。

可是，我们看到许多作家几乎所有条件都具备了：有丰富的阅历，深厚的学养，知识、勤奋、文字表达都到家了，却最终没写出半部像样的东西。可能所有这些条件并不能使人更深切地接近生存，反而阻碍了他。

我走了十多年，才到它跟前

北野：你早年的诗歌创作，也是一枝独秀的，许多论及西部诗歌的专著都开辟专节论述了你的诗。如果我没有记错，你写诗的历史不下十年，而写散文才仅仅三五年时间，为什么散文会后来居上呢？至少从轰动效应上看是这样。

刘亮程：我的诗和散文是一体的，不过是情感的两种表达方式。我写了十多年诗，大部分诗歌也是写一个村庄。我用诗歌勾画了一个村庄的大致轮廓，那些诗中弥漫着恍惚与游移不定：影影绰绰的房子，面孔模糊的人，总是在不停奔波、丢失、错住在别人的村庄或把种子错撒在别人地里。开始散文写作时，这个村庄已逐渐清晰了。似乎我从远处一步一步地走到它跟前。我走了十多年，才到它跟前。

其实，我的散文也写了十年，才有了这本书。

当然，这个村庄的最终完成需要一两部小说。它的细部要留给小说去完成。我现在正写小说，它和我的散文、诗歌也是一体的。

我对文体本身没有太清晰的分别。我只在用文学完成一个村庄。什么时候用土块什么时候用木头，都要根据建筑自身的需要。我只是个脚踏实地的干活儿的。我知道一旦起了头，就得没完没了地干下去。盖一间房子怎么能算是一个村庄呢，一头牛、一条狗显然不够，得有一大片房子，许多模样相似的人、牲畜。一年与一年差不多的丰歉盈缺、痛苦欢乐。有时重复是必要的，在不断的重复中达到高潮，达到完美的极致。

写作本身是一个不断寻找的过程，有的作家一生盯住一个地方寻找，有的作家不停地换着地方满世界寻找，但最终要找的是一个东西。可惜许多作家不知道这一点，他们总认为自己有无数的东西要寻找。

我盯住一个村庄寻找了许多年，我还没真正找到，所以还会一遍遍地在这个村子里找下去。我相信在一个村庄一件事物上我能够感知生命和世界的全部意义。

以前我以为自己在寻找黄金，现在我懂得自己一遍遍寻找的，其实是早年掉在地上的一根针。黄金不会掉到地上，黄金是闪光的，太容易被找到。而一根针掉到地上，随便一点尘土就把它埋没。

一个作家会在写作过程中慢慢懂得一些东西，这是作家自己的成长，别人不易看见。我懂得自己在寻找一根针时已经耗费十多年时间。在这之前，多少代作家在村庄里踏破铁鞋，这地方早被人找过了，啥都没有了，可我还是找到了一根针。

一根针这样微小、一松手便丢失、不易觉察的事物，才真正需要我们去寻找啊！

我的文字和我所写的事物一样是平常的，你不平常怎么可以接近平常呢？

我从一把铁锨开始认识世界，我让一把铁锨看见它多少年来从没看见的活儿。这把铁锨因此不一样了。

但在我眼中它依旧是平常的。

我只是个干活儿的人，我干出了自己能干出的一大片活儿。并不是我有意把活儿干成这样，是我只能干成这样。别人的评价跟活儿本身没关系。一句赞美的好话并不能当半截土块垒进墙里，更不能当一根椽子担在房顶。

就思考的深刻而言，我的散文并没超过诗歌。个别散文直接是诗歌的改写，或是一些未完成诗歌的另一种完成形式。诗歌这种古老的语言形式或许已经很难被人听懂，或许诗已经成为诗人自己的一种方言。这种时候用诗歌表达思想就显得相当费劲。你说了一大堆，别人听不明白，不接受。用散文这种形式，一下子就接受了。

但诗歌依旧是最高的文学，经过诗歌训练的作家与别的作家截然不同——他有一种对语言的高贵尺度。我努力让自己像写诗一样写每篇散文，觉得自己还是个诗人。

我关注生活中那些一成不变的东西

北野：你怎样理解农民意识这个词？我记得几年前，你的散文刚刚在本地报刊发表时，曾有人严厉批评你的散文"充满农民意识"。你认为你是靠"农民意识"取得今天这种局面的吗？

刘亮程：农民意识的字面理解无非是落后的、愚昧的、封闭的等等与现代社会发展格格不入的东西。但农民意识中无疑也沉淀与保存着我们民族最深厚的、不易被改变、丧失的那些贵重品质。

有些人其实并不懂农民，只是简单地在使用农民意识这个词，就像许多作家只知道用田野、村庄、麦子这些从词典上捡来的空荡荡的词语描述乡村一样。真正进入这些词是多么不容易啊。一旦你真正进入了，你就不会简单地说出它了。

农村是我们每个中国人的老家。

有时候我们希望自己老家的那条路、那间破土房子永远都不要变，永远地为你留着。它对你多有价值啊。

而在广大农民的意识中，就有这样一些古老的东西为我们民族永远地保留着，永远都不会变，不会丢失。

能找到这些东西你就是大作家了。

一个有价值的作家关注的，恰恰是生活中那些一成不变的东西，它们构成了永恒。

城市生活不易被心灵收藏

北野：如果我没记错，你离开农村进入城市已经五六个年头了。你的职业也由一个农机管理员变成一个文学编辑。现在请你谈谈你对城市的看法。

刘亮程：与乡村相比，城市生活不易被心灵收藏。一件事物进入心灵需要足够长的时间。

城市永远产生新东西，不断出现，不断消失。一些东西还没来得及留意它便永远消失。

所有的城市都太年轻，在中国，大部分城市都是在一片苞谷地或水稻田上建起来的。掀开那些水泥块，一铁锨挖下去，就会挖出不远年代里最后一茬作物的禾秆与根须，而不是另一块更古老的水泥或砖块。

一座城市必须像庄稼的根与禾秆一样，长大、收割、埋入地下，再长大、收割、埋葬，轮番数次才可能沉积下一些叫作城市的东西。否则，楼盖得再高再多仍旧是一个村庄，穿着再花哨新潮还是一街拿工资的农民。

当然，城市生活为人的身体提供了诸多方便，乘车、取暖、煤气、餐饮、娱乐等，但人的心灵却总是怀想那些渐渐远去的、已经消失的事物。

乡村生活显然是闭塞的，它让人无法接触到更多的新鲜事物，却因此可以让人专注而久长地认识一种事物。

在乡村，你可以看着一棵树从小长到大。它不会跑掉。你五六岁时这棵树只有胳膊粗，长着不多的一些枝叶。你三十岁时这棵树已经有水桶粗，可以当檩子了。你看着它被砍倒，变成一根木头。这根木头又在不断地使用中被压弯，出现裂缝，最后腐朽掉。经历这样一个完整的过程，你便成熟了。就像经历了自己的一生，一切事物的一生。

当这些事物消失时，它已经进入你的心灵，成为你一个人的。

你能代表一棵草、一只羊去生活吗

北野：当今中国文坛存在一种我称之为"文学圈地运动"的不良现象，一些作家，尤其是一些青年诗人，他们争先恐后往自己的作品中填充地名符号或地域标签。你显然不是这类好贴标签的文学圈地者，但你的作品中不断出现黄沙梁这个地名，你是否想过要做那片土地的代言人？

刘亮程：我不断提及黄沙梁这个地名，是想说明我生活在那里，有一个真实可查的生活原地，并不是要代表它说话。

你能代表一棵草、一只羊去生活吗？你能代表一个八十岁的老人去面对他的死亡吗？你能代表一个半岁小孩去领受他的全部人生吗？代表不了。你连一粒尘土、一片树叶都代表不了。你只是它们中间的一个。你代表自己欢乐和痛苦，代表自己出生然后长大，代表自己生也代表自己死。

当你真真实实地代表了自己的时候，你会意外地有了一种更高层面上的普遍意义。

我们选择的记忆决定了全部的生命与写作

北野：在你的文章中年代是模糊的，也就是说，没有确切的时代背景。以你当下的年龄（三十八岁），你出生后也经历了"文革"、改革开放等一系列政治运动及社会变革。据我所知，你的童年生活非常不幸，但你的文章中丝毫没有这些生活的影子。李锐先生在《来到绿洲》一文中写道："刘亮程把人间的不平，历史的蹂躏统统放在自己的世界之外，让生命浸漫到每一颗水滴、每一丝微风之中……他在脱落的墙皮、丢弃的破碗、蓬生的院草中曲尽人可以体会到的永恒。他使生命有了一种超越世俗的美丽和尊严。他把这尊严和美丽只给予生命，给予自然，而从不给予蹂躏生命的社会和历史，从不给予误会了人的'文明'。他从来不以生命的被侮辱、被蹂躏来印证社会和历史的'深刻'。"李锐对你的文字的理解可谓深刻到位，作为写作者，我们想听听你的见解。

刘亮程：我是一个会"晕年"的人，常常在周而复始的季节轮回中被转晕。我记忆中的年代也是一大片，重叠在一起的很多年。至于1962、1999等，对我只是些模糊数字，我没有意交代它。尽管在这两个数字之间，中国发生了一系列各种各样的大事。你该知道在中国每发生一件事都是全国性的，再僻远的村庄都无法躲过，我生活的那个沙漠边缘的村子一样受到触及，我的家庭一样未能幸免。

但这似乎都是短暂的，我开始写作时，吸引我的是另一些更重大、永恒的事物：每个春天都泛绿的田野，届时到来还像去年前年那样欢鸣的小虫子，风、花朵、果实、大片大片的阳光……每年我们都在村里等到它们。父亲死去的那年春天我们一样等来了草绿和虫鸣，母亲带着她未成年的五个孩子苦度贫寒的那些年，我们更多地接受了自然的温馨和给予。你知道在严寒里柴火烧光的一户人家是怎样贪恋着照进窗口的一缕冬日阳光，又是怎样等一个救星一样等待春天来临。

一种生活过去后，记忆选择了这些而没选择那些，这可能是一个人与另一个人的根本区别。

人确实无法选择生活，却可以选择记忆。是我们选择的记忆决定了全部的生命与写作。

每个时代都会发生许多自以为重大的事情，这些大事可能跟具体的某个人毫无关系。一个人可以在他平凡的生存中找到属于自己的更重大的事情。

这是我对我的文字的理解。

懂得自己是一片叶子时，生命已经到了晚秋

北野：请你谈谈故乡。我知道许多读者喜爱你的文章是因为从你的文字中找到了"故乡"。当然，你的黄沙梁不是一般意义上的故乡，它既是你的生存之地，又是精神居所。这两者的难以分解就像根和干一样构成一棵参天大树。

刘亮程：故乡对中国汉民族来说具有特殊意义，它是身体和心灵最后的归宿。当老的时候，我们有一个最大的愿望便是回乡。叶落归根。懂得自己是一片叶子时，生命已经到了晚秋。年轻时你不会相信自己是一片叶子。你鸟一样远飞，云一样远游。你几乎忘掉故乡这棵大树。但死亡会让人想起最根本的东西。我们所有的宗教均针对死亡而建立，宗教给死亡安排了一个去处。一个人面对死亡太痛苦，于是确定一个信仰，一个"永生"的死亡方向，大家共同去面对它。儒家文化避讳死亡，"未知生，焉知死"。死亡成了每个人单独面对的一件事情。这时候，故乡便成为身体心灵最终的去处。从古至今，回乡一直是中国人心灵史上的一大风景。

2000.5

文学：一个人的自言自语

——南师大附中学生对话作家刘亮程

学生1：我记得您说过："我的孤独不在荒野上，而在人群里。"您笔下"寒风吹彻"的感觉是不是由类似的孤独带来的？

刘亮程：《寒风吹彻》这篇文章，其实是把内心的寒冷和自然界的寒冷，这双重寒冷压缩在一起去表述的。我的散文从来不会单独地写风景，铺陈一个景观或者一个场景，每一句话中既有自然又有内心。传统作家写景的时候，常常会把自己"放一下"先去写景，然后由景生情，而我的语言图式是把景和情浓缩为一句。就像"雪落在那些年雪落过的地方，我已经不注意它们了"，看似写景，但紧接着一句是"三十岁的我，似乎对这个冬天的来临漠不关心"，就从一个自然界的雪天迅速进入内心，自然与内心已经交融一体，没有分别。这是我的语言，我通过多年的诗歌写作完成的一种语言。像这样的语言应该是每一句话有几种意思，每个句子不可能只是单独的一层意思。我们在写作时总希望自己的一句话是十句话、百句话、千万句话，一句话延伸的意义应该有无数个指向，从来不会用一句话去单独地指意，每一句话都在表达类似悲欣交集的复杂情感。当然孤独是《寒风吹彻》的主题，也是《一个人的村庄》的主题，这种孤独是一个村庄孤立于天地之间的孤独，也是一个人内心孤立于天地之间的孤独。

学生 2：讲座中出现了方言这一概念，您在写作中也用到了方言词汇，但大部分的写作还是用普通话完成的，请问您对普通话是一种什么样的感觉？

刘亮程：其实我的普通话说得不好（笑）。我说的是新疆乌鲁木齐的普通话，在新疆时我觉得我说的是普通话，一旦我离开新疆到北京，或者一旦我的声音被录下来，我就发现自己的发音如此土。新疆有地方方言，但是我的文字是用普通话写的。而且我的文字本身可能受文言文的影响比较大，我也建议年轻作者或学生多学古典文学，多从古典文学中寻找自己的说话和演绎方式。因为现代汉语本身太过松散，表现力远不如古文。古典文学没有长句，但表达得清清楚楚，现代汉语句子越来越长，越来越抓不到事物的核心。我也非常喜欢方言，我觉得它非常有意思。相对来讲，普通话最没有表现力，方言比如四川话，它多好呀！尽管有时候我都听不懂（笑）。我老家是甘肃的，回到甘肃的时候，我也会跟着他们说甘肃话。回到方言就像回到母亲温暖的怀抱，你可以那样说话，那种话更贴切，那种语言环境更容易把自己所要表达的东西说清楚。但是，方言也有其局限性，一个有鲜明语言风格的作家，他创造自己的文学方言。他有自己的语词系统、抒情调性、修辞方式。他用自己的语言说话。

学生3：在刚才的讲座中，您提到一个词叫"挽留生命"。我想问一下您对这个词的看法，为什么在寒冷的冬天，您会用"挽留"这个词？

刘亮程：我也用"死亡"一词，但写那个老人在冬天去世时，却用了"留住"。我在写《寒风吹彻》时，面对那么大的一个"自然"，一个又一个老人的去世，我只能从一个更大的维度去说，所以我觉得是冬天对生命的"挽留"。关于死亡，我们总是在创造一些去处，创造一些说法，让生命不至于如此短暂，让生命的终结不至于成为我们常规理解中的"离开"。我想当那些老人被冬天留住的时候，他们是留在了一个更大的自然怀抱中，留在那个铺天盖地、周而往复的季节中。我想这样处理死亡，让人们一生在天地间过完，呼吸了这么多年的人间气息之后离去，我不想用简单的死亡去表述，所以我用了"留住"这个词。

我新出版的长篇小说《捎话》，写到了战争也写到了一场场死亡，读者会在小说中看到，死亡如此的悠长。一个人的死亡，我可以把它写得比他的一生还要悠长，这是一个作家对死亡的创造或者对死亡的理解。因为我们都是活着的人，死亡跟我们都没有关系，我们看到或者听到的都是别人死了，死亡离我们非常遥远，自己的死亡不被我们看见，不在自己的一生中。而这也是作家要关注的。谈到死亡就要谈到永恒，一个作家如果不关注死亡，那么他关注的就是今生的忙碌，今生的操劳，从生到死这段现实的生存。所以在这本书中我把更多的笔墨和更多的情感用在了对死亡的书写上。当一个人的生命迹象在我们用常规的眼光判断他已经离世的时候，其实那个死亡留给他个人的世界是无限大的。那个结束只是另外一种形态的开始，这种开始不是佛教所谓的"转世"，而是生命带着无限的留恋，带着现世的余温，甚至世人对他的呼唤、念想在朝前走。死亡如花盛开，如生漫长，这是我在用自己的方式解读死亡、理解死亡，也呈现死亡。

学生 4：您在讲座中提到了"悲悯"，由此我觉得您特别像俄罗斯作家托尔斯泰和陀思妥耶夫斯基，他们也是在恶劣的自然环境中成长的。请问新疆的自然环境对您的精神成长有什么影响？

刘亮程：我觉得新疆跟绝大部分省份不一样。首先是地理和自然不一样，那个地方有干燥的空气，漫长的西北风，有遥远的地平线，还有天苍苍野茫茫的景致，有无边无际的戈壁滩沙漠，当然也有一样辽阔的绿洲田野。在这样的环境中，人会自然而然地感觉到一种更为巨大的存在，不是城市，不是社会，也不是政治。你会感到在那样的环境中人小如尘土，随便都可以飘落到哪里去，但人的心灵空间又是如此之大。人可以感知到这样的大。

在历史上，新疆之大，也壮阔了许多诗人的胸怀。岑参就是这样一个诗人,他在新疆待过三年时间,只做了判官这个职务,相当于文书。他去新疆前是唐朝的普通诗人,在新疆写了数十首边塞诗名震大唐。新疆给了他"轮台九月风夜吼,一川碎石大如斗",给了他天高地阔,超出大唐的心灵空间。

我也写了许多自然之物,我们村庄每家都养羊、猪,还有驴、马等。人走到路上,听见整个村庄的声音就是鸡鸣狗吠,马嘶驴鸣。这也促使我在写作的时候会首先想到这些动物,也就写出了一个万物共存的世界。《一个人的村庄》写的大部分是动物、植物、风和天空这些天地间的事物。这就是新疆特殊的自然环境给这本书营造的不同于内地的自然风景,正是这样的风景给我的心灵营造了一种更大的心灵环境。

学生 5:刘老师您好,听您讲话,感觉您正在创作一篇散文或者诗歌,您这种语言习惯是多年的写作养成的吗?

刘亮程:我像你这么大的时候都羞于说话,也没有说话的机会,都是大人在说话,后来工作的时候都是领导在说话(笑),所以就很不会说话,不知道该如何跟人说话。我觉得自言自语是一种最好的说话方式,《一个人的村庄》这本书就是一个人自言自语,旁若无人,旁若无天,旁若无地。一个人在荒芜之地对着空气就把一本书说完了。

自言自语是最本真的文学表达,他言说的时候,不会想象对面有耳朵在听,他只会自己在说,自己在听。有记者问我在写作的时候会不会假设潜在的读者?我说不会。因为我不知道谁在读我的书。即使我知道我也不会为谁去写一本书。这就是一个作家的清高,一位作家的孤傲。当一个作家清高孤傲的时候,他对读者才是尊重的。因为他为自己高贵的心灵写作,他自言自语,说给自己的语言,才会说到别人心里。

学生6:《一个人的村庄》中有很多对人生、天地的终极思考,比如说,人踩起的尘土落在牲口身上,牲口踩起的尘土也落在人身上,您还设想过荒野上有一株叫刘亮程的草,还说有一天躺在草坪上然后被虫子给咬了,进而设想自己是不是一只大一点的虫子,而大一点的生物有没有想着把自己从身上拂去或者拍死……是什么触发了您的奇思妙想呢?

刘亮程:这是我所有文字中贯穿始末的人与万物同在的主题。当你站在人的角度,以人的眼光和观念去看这个世界的时候,它仅仅是一个"人"的眼界。但是作为人,有能力站在苍蝇的角度去想想这个世界,我们也有这种能力去站在一棵草的角度,去感受这个秋天。

《一个人的村庄》只是提供了无数的视角,它主要还不是人的眼光,它是一个人在人世间的"走神",走到动物、尘土那里去了,走到世间的万物里去了。当我在写一只虫子的时候,我瞬间站在了虫子身边说话。写一头驴的时候,我觉得自己在替驴说话而不是替人在说。假如这个世界上仅仅只有人的眼光,只有人对世界的看法,这个世界就太孤单了。世界如此丰富,只有人在看、在想。

学生7:刘老师您好!在《今生今世的证据》中,人的存在痕迹是不断被消磨的,请问您相信人的存在吗?您在《捎话》最后也写道:"有些话注定要穿过嘈杂今生,捎给自己不知道的来世。"如果您能给来世"捎话",您会说些什么?

刘亮程:我当然愿意相信有来世。那个来世可能不是佛教的六道轮回,也不是基督教的天堂、地狱,它是我们留在世间的无限的念想,或者是那一丝灵魂的余温。

《今生今世的证据》选入语文教材我觉得是一个意外。这篇文章在《一个人的村庄》最后一辑,也是对全书的一个回顾总结,它提到的好多意象:木头、柴火、院门、土墙等,都在散文集前面作为单独的文章写过。

这篇文章写一个人离开家乡,多年后回来,看到早年生活的那个家园已经破败不堪,到处是残墙废址,他开始反思生活和生命的意义。难道我在村庄度过的那么多年,最后都变成废墟了吗?生命需不需要证明,需不需要有证据来证明我们曾经的生活还有价值和意义?这篇文章就是在这样的追问中完成的。尽管一直到文章的结尾,我也没给生活或生命找到更为可靠的证据,但是我想让大家知道:生活是一点点被我们遗忘再一点点想起来的,在这样的遗忘和回想中,生活或生命留给我们的这些念想,本身就是生命的证据。不仅仅是那些正在消失的土墙、木头、铁钉,也不仅仅是在村庄留下的那段岁月和故事,它有一种更为悠长的念想留在我们心中。这篇文章的最后一句,我到现在想起来也不知道写得对不对:"当家园废失,我知道所有回家的脚步都已踏踏实实地迈上了虚无之途。"其实我现在觉得"虚无"这个词或许不太合适，但是它可以解读为脱离物质层面的一种心灵状态，解读为家园荒芜但是内心对家园的怀念。对家园的情感，是岁月留给我们看似虚无但又非常踏实的一种生命存在。

2019.2

南京师范大学附属中学

小说家也是捎话人

——《捎话》后记

《捎话》是一部声音（语言）之书，写那个时代的话语之困——地处遥远西域的毗沙和黑勒，因长达百年的战争，两国间书信断绝，民间捎话人成了一种秘密行业，把一地的话捎往另一地，或把一种语言捎给另一种语言。

小说中的捎话人库，是毗沙国著名的翻译家，通晓数十种语言，他受毗沙昆寺委托，捎一头小毛驴到敌对国黑勒的桃花天寺。

库说，我只捎话，不捎驴。

昆门说，驴也是一句话。

故事就这样开始了。

那个时代，聚集在昆寺的译经者，是另一类捎话人，他们跨越语言间的沙漠戈壁，把昆语的经文翻译成皇语、毗沙语、黑勒语，又在这些语言间互译。其结果是，可能每一个语言里都有了一个不一样的昆。

小说的另一个主角,是在战场上被砍了头,由毗沙将军觉的身体和黑勒士兵妥的头错缝在一起的鬼魂妥觉,头和身体一路的吵架全传进小毛驴谢的耳朵里。

毛驴谢是主要的叙述者,她的皮毛下刻满捎话人库不知道的黑勒语经文,她能听见鬼魂说话,能看见所有声音的形状和颜色,她一路试图跟库交流。可是,这个懂几十种语言的翻译家,在谢死后才真正地听懂驴叫。

人的喑哑话语之上,连天接地的驴鸣和狗吠也在往远处捎话,一个又一个村庄城镇的驴鸣狗吠把大地连接起来。

而小说的主人公库,在被毛驴谢的魂附体后,由此打通人和驴间的物种障碍,最终成为人驴之间孤独的捎话者。

捎话,就是捎一句话。

一句话被一大群话包裹着,浩浩荡荡走上小说的叙述之路,所有语言包庇着要捎给远方的那一句。漫长路途,语言在走形、在忘记、在另一种语言里变成另外一句话。

小说家也是捎话人。把那个过去时间里活下来的人声捎到今天,也把驴叫声捎到今天。驴在人世间叫了千万年,总得有个人去知道驴在叫什么吧。

从小说第一句开始,故事带着这样的使命上路。一个好故事里必定隐藏着另一个故事,故事偷运故事,被隐藏的故事才是最后要讲出来的,用千言万语,捎那不能说出的一句。每一句话里也都捎带着另一句。那些句子,不再是单义的叙述，而是每一句都有无数个远方的到达。

这便是我想写的小说。她不是简单地讲故事。当她开始讲述时，所有故事早已结束，如果一个小说家还有什么要讲的，那一定是从故事终结处讲起。

写《捎话》时，唯一的参考书是一部古代辞书，跟《捎话》故事背景相近。我从那些没写成句子的词语中，感知到那个时代的温度。每个词都在说话，她们不是镶嵌在句子里，而是单独在表达，一个个词摆脱句子，一部辞书超越时间，成为我能够看懂那个时代唯一的文字。

每一部传到今天的伟大作品，都完成了一场心灵的捎话。小说也是捎话艺术。

2018.1.13

木垒书院

在一棵树下慢慢变老

——刘亮程访谈录

《本巴》里的童年

喻雪玲：刘老师，您的小说新作《本巴》对史诗、时间、空间以及人的生存进行了一次全方位思考与探索创新，内容丰富、寓意深远。尤其是您以史诗般的天真雄浑和民间艺人式的奇特想象，为当代文学奉上一部童年史诗。关于《本巴》，想知道刘老师为什么会选择史诗题材进行创作，是有什么渊源吗？

刘亮程：十多年前，我有一个文化工作室，受邀给新疆和布克赛尔蒙古自治县做地方旅游文化。该县是土尔扈特东归地之一，也被称为江格尔的故乡。这里产生了很著名的史诗说唱艺人江格尔齐，在中小学还有江格尔班，教孩子说唱江格尔。当时我们工作室在县城做了一个文化工程：修建江格尔史诗广场。其中有一个青铜雕塑，就取自江格尔史诗，由七十二位勇士抬一口直径九米的巨碗，给江格尔敬酒。这个雕塑至今还立在广场上。我们还做了一个很有意思的旅游创意，叫牧游，就是赶着羊群去旅游。这个在《本巴》中也写到了。阿尔泰山到准噶尔盆地，保存着许多古老牧道，那是羊走了几千几万年的路，深嵌在大地上。羊道遍布每一片山谷草原。我们以牧道做旅游线路，组织培训牧民，让他们边放牧边用自己的毡房做接待，带着游客在草原牧道上随牛羊转场迁徙。我们为此跑遍了远近牧场。我也有机会在草原上听江格尔齐说唱，虽然听不懂语言，但我能听出那说唱里有风过草原的声音。我想在那些古代的夜晚，在茫茫大草原上，一群人围坐，听着齐说唱江格尔，一直听到月落星稀，东方发白，都毫无倦意。那些江格尔齐能整夜说唱史诗，每一章都上千行，都是英雄出征打仗的故事，说唱节奏感很强，使人身临其境。

史诗是一个部族的希望和力量，他们创造英雄，又被史诗中的英雄塑造。

我从那时开始读《江格尔》史诗。只是读史诗文本，给史诗文化的传播做事，没想到以后会以江格尔为背景写一部小说。我还曾策划过重新编写《江格尔》，现有的译成汉文的《江格尔》，是从好几位不同地方的江格尔齐说唱中采集，如《本巴》中引的两章，分别来自和布克赛尔县和和静县。这些齐所唱的江格尔收集在一起，重复的章节较多，有时故事的主人公也有错乱，这个齐说唱的洪古尔的故事，在另一个齐那里变成江格尔或其他英雄的故事。我想对江格尔做一次文学化编写，让故事从头到尾连贯起来，让无数故事章节聚合成一个整体。但这个工程太巨大，我只是雄心勃勃地写了一个策划案，便搁置了。

不过，有些事不做，可能是对的。《江格尔》是至今还在活态流传的史诗，它还在生长中。就像《本巴》中所写，每一个江格尔齐都不会甘心只说唱前人留下的篇章，他会给史诗添加内容。十多年前我在和布克赛尔听过当时著名的老江格尔齐贾·朱乃演唱，后来又听他的孙子道尔吉·尼玛演唱。江格尔在新疆蒙古族人地区的传播很活跃，旅游业的发展也给江格尔齐提供了更多有偿演出机会。最近我跟一位卡尔梅克诗人翻译家聊天，她说自己在小学课堂背诵江格尔。卡尔梅克人是当年"东归"时由于伏尔加河没有结冰而留在西岸没能一起回来的土尔扈特人。现在的卡尔梅克共和国也有江格尔齐在传唱史诗。口传史诗最好的状态是依然在口耳相传，它活着就是最好的。一旦通过文学书写把故事固定下来，它便已经死了。

喻雪玲：《本巴》以几个没长大的孩子作为主人公，完全不同于《江格尔》史诗刻画的成人世界。我注意到童年视角几乎贯穿刘老师的创作，如《一个人的村庄》中那个独自漫游在村庄的孩子，《虚土》中五岁的孩子被人过完一生只留给他一个早晨，《凿空》以耳聋少年的视角讲述故事，新作《本巴》是五岁的赫兰在东归路上说唱出的史诗故事。童年是一个人生命记忆的起点，那么，童年经验对刘老师有着什么样的重要影响呢?

刘亮程：童年经验，是作家最隐蔽的经验。这种隐蔽一方面由于童年离我们最远，已被遗忘，或变得模糊。另一方面，它又离我们最近，因为童年经验保存了大量我们初来人世的感受，这些感受对我们来说可能影响深远。比如你第一次睁开眼睛看到太阳的那一瞬，你肯定不会记得了，但它可能影响你以后看世界的眼神。你一出生闻到的奶香，会一辈子都诱惑你。还有一开始听到的各种声音、呼吸到的空气等等，它们构成你对世界的第一印象。我们很难知道自己降生后经历第一个白天黑夜时的感受，那一定是惊心动魄、惊恐万分的。

今年春节期间跟我母亲聊天，她说我出生后头顶上巴掌大的一块软软的没有长住，像一方天窗。她跟接生的老奶奶说这孩子咋这样。接生婆说，你生了个聪明孩子，脑门大。那个洞开的大脑门一定装满这个世界的所有动静，然后封闭了。

我在《虚土》中写到一个孩子在五岁的早晨睁开眼睛，看见被所有人过掉的自己的一生。对他来说，那个村庄只有一个早晨，剩下的全是被别人过掉的下午和黄昏。但多少年后，村里人让他说出那个早晨，那个他们都出门远行的早晨，村庄到底发生了什么。

每个人的童年都是那个只被自己看见的唯一的早晨。只有自己能说出来。你能说出来就是作家了。有的作家一辈子也不会触及童年经验。有的作家一辈子都摆脱不了童年经验。忘记童年，我们就变成另外一个人——自己的陌生人。

喻雪玲：影子是您的作品中经常使用的重要意象，也是进入《本巴》世界的一条蹊径。我在写的一篇关于《本巴》的论文，标题是《本巴：通向史诗世界的影子》。早在《一个人的村庄》《虚土》和《在新疆》中，影子意象便时常出现。在《本巴》中影子既有具体的如人的影子、牛羊和蚂蚱的影子、酥油草和树的影子，以及石头和地平线的影子，又有诸如搬家家、捉迷藏和做梦梦游戏等富有隐喻意义的抽象影子。相较之前，《本巴》中的影子意象更加丰富多元且意义深远，使小说成为一个波诡云谲的影的世界。

刘亮程：对影子的深刻记忆肯定来自童年。《本巴》中不愿出生的孩子赫兰，他在母腹听见外面世界的各种声音，他自以为靠听见的声音已经熟悉了人世，所以不愿出生。可是他被迫出生后看见了从来没有发出过声音的影子，人的影子和各种事物的影子，布满大地。

来自童年世界的无声的影子，一直跟随我们长大。有人活明白了，走出了童年的阴影。有人一直在影子里找寻神秘关联。

我在小说《虚土》中写了一个把梦和现实过反的孩子，他一直认为晚上睡着后做的梦是真的，而醒来后的生活是假的，是梦，所以从来不当回事，胡作非为。后来，当他突然意识到自己把生活过反，在自认为是梦的生活中做了那么多荒唐事，他羞愧难当，自己失踪了。

他是怎么意识到自己把生活过反了呢，是他看见了地上自己的影子,知道真实的生活在影子对面。

孩子出生后可能有一个阶段难分梦与醒,大人似乎也不知道告诉孩子晚上做的梦是假的。据我对孩子的观察,梦中发生的事和醒来发生的事,在孩子那里是连在一起的,没有分开。这是非常有意思的,接着晚上的梦过白天的生活。我带两岁的外孙女小知知,她说的有些话,可能是晚上梦里说的。这个梦与醒不分的年龄最神奇。《虚土》写出了这样的神奇。那个梦与醒接连一起的世界,语言让事物一一苏醒,又渐次入梦。

童年是个人的深渊。有时候写着写着不自觉地就回到小孩状态,自己都没意识到在用童年视角写作。那个藏在眼睛后面的眼睛,出来看世界了。那么好玩、有趣。那些陈旧的琐事重新变得清新、妙味无穷。

童年视角不是单纯的孩童的幼稚视角,它是从作家人生经验中回过头去创造的一种视角。是一个"老小孩"带着他对世界的全部经验,再回归到童年,重新审视这个世界。

喻雪玲:童年经验对于作家的精神世界进行渗透并产生影响,甚至对作家的文学创作有着根底性的影响。结合您关于童年的叙述,我更加确信了这点。《本巴》是在《江格尔》史诗背景上创作,小说语言简洁、凝练且充满诗意,完全不同于《江格尔》史诗坚硬粗粝的壮美语言风格,这是否与题材相关?

刘亮程:相对于我国的另两部史诗《玛纳斯》和《格萨尔王》,《江格尔》更天真有趣。那些英雄打仗的故事,好玩极了，像游戏。史诗中也有一些少年英雄打仗的章节，比如少年英雄洪古尔打仗的故事就有几章。似乎他们等不及孩子长大，一出生就要去打仗。我被江格尔史诗中的孩子触动，看见另一个时间里的自己。

小说《本巴》中借用了少年洪古尔的形象，另外两个孩子赫兰和哈日王是我虚构的。推动小说的三场游戏搬家家、捉迷藏和做梦梦游戏是我虚构的。《本巴》的故事开端，是在人类初年，"居住在草原中心的乌仲汗，首先感到人世的拥挤。他先用搬家家游戏，让人们回到不占多少地方的童年。又用捉迷藏游戏，让地上的一半人藏起来。作为游戏的开启者，乌仲汗并没有按规则去找那些隐藏者，而是在一半人都藏起来后，在空出来的辽阔草原上，建立了本巴国度。那些藏起来的人，开始怕被找见而静悄悄地消失在远处，越藏越深远。后来因为总是没有人去找，便着急了，派使者四处走动，故意暴露自己"。故事从此发生。我重新创造了故事开端。《本巴》是我写给童年的史诗。

在一棵树下慢慢变老

喻雪玲：来书院之前，我在"木垒书院"公众号上看到您在《西部》写作营开班会上作了《和草一起长老》的主题发言，对学员提出的几点要求中就谈到要爱护这里的草木。这次来书院，深切体会到刘老师对草木情感至深。书院有上百种植物，真如一个百草园，刘老师认识其中多少种草木呢？

刘亮程：具体认识多少种说不上，我可以带你们边走边了解。这是青蒿，民间叫臭蒿，其实不臭，只是香味比较冲。里面那棵是艾蒿，艾蒿和青蒿有区别，但一般人分别不出，把青蒿当艾蒿。民谚说"五月艾六月蒿，七月八月当柴烧"，艾蒿五六月采集青嫩叶子，待到长老就是烧柴了。这个是蓝刺头，它没有结刺头之前，当地农民干活儿累了把它的水嫩茎秆折断，剥了皮直接吃，有解渴充饥、恢复体力之效。蓝刺头长老后是一个带毛刺的圆球，很容易粘在人身上，哈萨克人把它叫"野寡妇"。那边是鼠尾草，远看像薰衣草。这是稗子草，牛羊喜欢吃。这个生长着大片叶子的是牛蒡，它的根茎伸在土里，是很好的食材。这是芨芨草，古诗中叫白草，是以前人们用得最多的一种草，可以编草鞋、扎扫帚、编帘子，还可以做芨芨草绳。草绳和麻绳是农耕时代用得最多的绳子。

那片长得笔直的是麻，我们小时候村里大片种植。以前县上有棉麻公司，专收棉花和麻。麻可以制麻衣、做麻绳，叶子可以制麻烟，有轻度致幻作用。

野油菜最多，遍地都是，它的种子小而多，不怕被鸟和老鼠吃光。一万颗种子里有一颗落到土块缝里，有点雨水就能生长出来。你看厨房前面这一片，年年长满野油菜。野生植物都是自播自种，自生自灭。让一样植物灭绝是不容易的事。植物有各种各样的保存种子的聪明办法。比如苍耳和蓝刺头的种子都带毛刺，会粘在动物身上。我们家黑狗月亮身上每年都会粘一些带刺的植物种子，它们在狗身上不会被鸟和老鼠吃掉，也不会腐烂。到春天狗脱毛时种子落在地里。狗成了植物种子的保管者和播种者。

喻雪玲：提及这些乡间植物，刘老师真是如数家珍，想来与您早年的乡村生活经验分不开。我也深切体会到，自然界中的一草一木皆有情趣，人与植物相互依存。时值八月，书院的杏树上还缀满黄澄澄的杏子，但好多杏上有虫眼，这是怎么回事？

刘亮程：由于在天山脚下，书院的杏子比其他地方晚熟一个月。我们书院有四十多棵杏树，刚来那几年，杏熟时每棵树上的杏子都尝尝，这些老品种杏树，每棵的味道不一样，杏子大小也不一样。我们从来不打农药，杏子会被虫吃。但一般每个杏子里只有一个虫子，不会有两个，两个虫子会打架，也不够吃。有虫子的杏子都早熟，虫吃杏子的时候，杏子有一种急迫感，会尽快成熟。掰开来，杏子一半是好的，虫吃一半，人吃一半。等到杏子全熟时，树下落一地，一半有虫眼，虫吃剩的杏子我们也吃不完，用来熬杏酱晾杏干。

喻雪玲：您看那棵杏树，已经枯萎一半，是不是生病了？树好不容易长这么大，却要面临死亡，真是可惜。

刘亮程：这棵杏树年岁跟我差不多，算是老杏树了。树一旦面临干旱或虫害，就会做减法。死掉一半活一半，靠活的一半把命续下去。等哪一年雨水充足再发芽、长枝。就像人一样，要是胳膊腿不行了，为了保命就要截肢。在自然世界中，这是生存法则，为活命得舍弃许多。哪怕活得残缺不全。

树有两重命，第一重是树活的时候，生叶展枝，开花结果。树死了或被砍伐，就以木头的形式开始另一重生活，被人做成家具或盖房子。一直到最后腐朽掉，归到土里，树的一生才过去。正如人过完今生，变成鬼"活着"，在我们的文化里生命悠长地存在着。万物都平等。

喻雪玲：在刘老师眼中万物有灵，草木皆为友朋。您认识并熟知它们，不仅了解它们生长时的状态，还思考它们的来世生存。我始终记得您在《一个人的村庄》中曾说过"任何一株草的死亡都是人的死亡。任何一棵树的夭折都是人的夭折。任何一粒虫的鸣叫也是人的鸣叫"。在书院生活这么久，我发现书院中的树自由生长，落叶随风飘落也不清扫，这些草木对老师有什么特殊意义吗？

刘亮程：我们选择在这个院子生活，就是选择一种自然的生活，与草木共生存，与万物和谐相处。书院的理念也是：爱护草木，与草木动物一起生活。书院所有的树都自然生长，我们不会去修剪，树想长几个枝想发多少杈，都是树说了算。修树是人的想法，不是树的。砍树树会疼，树的尖叫人听不到。人被拔一根头发会疼，树一样也是生命。我们保持了树的完整状态，任其自然生长。让树把所有枝叶向每个方向舒展开来，最后活成一棵自然中的树。我们也想像树一样生活，可能吗？从小到大，我们被修剪得太多。但我可以欣赏这些野生的树。这些年龄跟我相仿的树，比我年长的树,我们一起活。我希望在一棵树下慢慢变老。都说人活不过树。人还活不过草呢。但人能在草木中思想。人的想象是一棵看不见的枝叶繁茂的参天大树。

书院中的好多草木是我小时候认识的。刚来这个院子,不认识这里一个人,但见到这些小时候就认识的草木,非常亲切。多认识一些大地上的草木,可能比认识多少人都管用。认识的人会消失、会遗忘,但你认识的草木,无论在什么地方碰到都会记得。在一个陌生的地方碰到一棵熟悉的草木,如见故人,一下会觉得这里不陌生了。所以多认识一些草,走遍天下都会有你熟悉的东西。就像多认识一些星星,不管走到多黑的夜里,都会有陪伴。

编一只兜秋风的筐

喻雪玲:刘老师,8月7日立秋这天您带着我们用大半天时间,备树条、修树枝、选筐把、定筐底、编筐,眼看这个筐子就要编出来了,真有种大功告成的感觉。刘老师什么时候学会编筐的呢?

刘亮程:我小时候学的编筐手艺,那时候看大人干啥自己就学干啥。也不知道长大以后能去做什么,就多学点手艺呗。万一不行,做个编筐匠也可以。没想到后来开始编故事了。

我们现在所说的编剧、采编以及编织宏伟蓝图等等,这些"编"的源头都是"编筐""编席"的"编"。当年刘、关、张桃园三结义时，刘备就是一个编席、编筐的篾匠，手里编着一个小筐，心中谋着大事。最后他把一个筐编成了天下这么大。

喻雪玲：您带我们编筐子的过程做成视频发出来了，我们给视频起了一个有意思的名字：编一只兜秋风的筐。用一只手工编织的筐兜住秋风、纪念立秋，充满仪式感。但提及秋天，人们常会有"自古逢秋悲寂寥"的伤秋之感。为什么秋天给人这样的感觉？

刘亮程：去年立秋日我写了一首诗。那天被村民叫去喝酒，庆立秋。也是找个由头聚聚。我们不能让夏天就这么平白无故地过去，秋天就这么悄无声息地来，总得干点事，所以编个筐。以前，我每年秋天编一个筐，不知道要装什么，装秋风呗。

我们生活在季节中，可能好多人经过四季都不知道某一个季节是怎么来的。季节的细微变化不被我们感知。立秋之后天气要转凉，农谚说：上午立了秋，下午凉飕飕。秋天是多么巨大呀，铺天盖地来到这个院子，来到这块大地。当它到来的时候，我们内心中肯定会有一种情绪，需要通过诗歌、文学和艺术把它抒发出来。这个季节最容易引发愁绪。

喻雪玲：9月7日白露这天，奶奶叫我们一起摘菜晾晒，在菜园里揪着一个个胖茄子和一根根长豇豆，一桶接一桶地往外运送螺丝椒时，我体会到丰收的喜悦。节气如同节日一般重要，它将一院子的人集中在一起，大家一块干活儿，生活都变得有趣起来。

刘亮程：所有的节庆，都是人们在波澜不惊的四季轮回中找到的一个又一个时间点，让自己停下来、然后聚在一起。二十四节气是农事生活的节点，也是乡民的快乐点，它使单调的农耕生活过得有滋有味。一年十二个月，就有二十四个节气，这期间还有一些其他节日。算下来，一年有三分之一的时间在节日里。农事是漫长的，种子播下，禾苗出来，这是缓慢的。孩子长大、大人长老是悠长的。都得慢慢来。这个节气过去，下个节气到来，我们的生活随之变得有趣、有内容、有仪式感。这些节日让人留念在土地上。你看那些重大的传统节日，如春节，要人回家去团圆；清明节，回家去祭祖；包括端午、中秋都是要回家的。中国的农耕文化讲究守土，因为老人在家、祖坟田地在家乡，这都成为回家的理由。在一个又一个节日，远方的游子踏上回家之路。看看春节，你就知道中华文化力量多强大，全中国的人在回家。回家被我们当成中国最大的运输事件，春运主要是运人。天南海北的人在回家，一座又一座的城市走空了，一个又一个的寂静乡村在春节里迎来远方的游子。浩浩荡荡的回家人群，走在中华传统文化的道路上。这种文化有着巨大的感召力，让人们排除万难回家团圆。

我们刚来的那几年，雇了几个甘肃来的打工者，给书院盖房子、做泥瓦匠。到了老家麦子熟的时候，他们就要回去割麦子。这在二十四节气中是芒种，是收割麦子的时节。我跟他们商量说，不回去行吗，这里工期紧，你们能不能在老家雇人花几百块钱把家里那几亩地麦子收掉，在这里一样挣钱。他们不愿意，一定要把活儿停下坐火车回老家，花上半个月的时间把家里麦子割掉、场打干净，粮食放到家里，心里面才踏实，然后再出来干活儿。

对于他们来说，这个节点必须回去，不回说不过去。哪怕回去只是看看老婆孩子和老人，再把那点麦子收拾掉，就是少挣点钱，人也安心。

喻雪玲：刘老师之前生活的沙湾与我家仅一条玛河之隔，您笔下的那些风、日出、夕阳、落叶、尘土、雪花等，也是从小到大陪在我身边的事物，但我却通过您的文字才认出它们。现在我逐渐意识到大自然中许多声音与变化，过去都被我视为平常忽略了，以后我也要慢慢感受季节时间的更替。说起时间，这是刘老师重要的创作主题，时间还被您赋予生动与灵性，甚至呈现出空间化和具象化特征。我想知道，刘老师是怎么看待时间的呢？

刘亮程：我在木垒菜籽沟村耕读、写作、养老，已经有十年时间了。我在村庄能感觉到两个东西，首先是时间，还有时代。我能清晰地看见时间的流动和变化，在村里按照二十四节气生活，不会过错日子。立秋那天，我们所在的村庄和整个新疆大地甚至北方，都会刮一场如期而至的秋风。当我们站在这样一个叫"立秋"的节气中，感受秋风扫落叶的时候，其实我们和千年来的古人站在了一起，时间在这个节气点上从来没有移动过。还有，我可以看到我走过的十年的时间，无非就是对面山坡上的麦子黄了十次，土地被翻来覆去折腾了十次，一个人的岁月就这样耗散其中。当门前那棵白杨树的叶子落光的时候，一个叫冬天的季节就来到我的家，来到这个村庄，当然也来到了整个北方大地上。我所有的文字都在写村庄的时间，写人的岁月。当我在那个村庄看到七十岁、八十岁和九十岁的老人的时候，我知道我的未来在他们那里。一张时间的脸，完完整整，有鼻子有眼、有微笑、有眼泪、有皱纹、有沧桑地摆在那个村庄中，这个村庄是中国的末梢。它的一点点细微的触动，可能不会被中国的前沿和中心感知，但是一定会被一个作家感知呈现出来。

喻雪玲：时间在刘老师的观察中变得有形有声，甚至接连起古人与我们。空中明月也当如此。诗人李白一生创作四百多首关于月亮的诗歌，其中"明月出天山，苍茫云海间"，还提及我们西北的月亮。古代文人一直讲究与月相伴，那月亮在刘老师心中有什么独特意义吗？

刘亮程：我小时候生活的村庄，在新疆的荒野中，到了夜晚，整个天地之间，一座孤村、一轮孤月相依相伴，那样的夜晚，人一睡着，整个天空就一轮圆月在巡游，那是我小时候看到的月亮。每天晚上的月亮，从我家东边的柴垛后面升起，缓慢地经过屋顶，又从家墙边的菜地泥巴后面落下去，它既像自己家的一个亲人，但是又如此地高远，让一个乡村少年在那样漫长的黑夜中独自去仰望。后来我到了乌鲁木齐，城市有没有月亮我想不起来了。但是我知道，那个我早年看过的月亮，一定跟随我到了异乡。我想李白所望见的明月，一定是他家乡的月亮。家乡之月，挂在异乡的天空，又被他看见。就像我们在读李白的《静夜思》《关山月》的时候，我们读的是李白的月亮。过了千年，那枚月亮变成诗歌保存在我们心中，被我们收藏。

在一本书中过完一辈子

喻雪玲：在您近十年日常生活中，最大的变化应该是您从省城乌鲁木齐搬至木垒菜籽沟生活。到底是什么让您下决心返回乡间生活呢？

刘亮程：我在乡村出生长大，后来到了县城，在城郊村住了多年。再后来到了省城，过了十几年城市生活，现在又回到村里，建了一个书院。你看这个院子，它首先是一个果园菜园，有我喜欢的各种树木，书院还养了狗、猫、兔、鸡、鸭等，还有更多的不让我们养的鸟呀虫子呀。你和万物在一起生活。这跟在城市生活截然不同，在城市你只能跟人生活跟人说话，你周围也尽是人和人声。在村里不一样，你身边有虫子在叫，耳畔有鸟鸣，有树叶的沙沙声。人声之外有这么多的声音。人之外有那么多的动物、植物，它们围绕在身边，与你朝夕共存。这是一个多么丰富的世界。你生活在众多生命中，你是它们中的一员。每天早晨二遍鸡鸣，大井始亮，当日落西山黄昏来临，树的影子拉长，鸟叫喑哑下来。一个完整的白天落幕，黑夜来临。我们书院户外没有安灯，灯光会污染夜空。我喜欢在夜里走路，小时候在乡下夜晚经历的那种黑，一直影响我后来的写作。我也写过许多的黑夜和夜间发生的故事。

晚上听着狗吠我会睡得很安稳。早晨在成片的鸟叫虫鸣中醒来。

喻雪玲：生活在自然中的人是幸福的。在乡间，我们身边不仅有人，还有一群动物和成百种的植物在陪伴我们。夜晚皓月当空，繁星浓密，抬头看星星都可以看得入迷。这样的生活，完全可以用"丰富"来形容。在这里生活将近十年，刘老师有没有后悔或者厌倦这种生活的时候？对您的写作有什么影响？

刘亮程：到这个村庄生活，可能耽误了我的写作，书院这么大一个院子，有很多事务要处理，都需要花费时间。但同时可能也再造了我的写作。我在书院写出了《捎话》《本巴》两部长篇小说。现在写第三部，跟这个村庄的历史和现在有关，菜籽沟村堆满了故事。我需要把一个村庄的百年历史变成自己的揪心往事。

到了这个沟里，我仿佛又回到早年的鸡鸣狗吠、虫鸣鸟语中，回到早年的风声落叶中，回到写作《一个人的村庄》那时的状态。对于生活给我这样一个安排，我觉得还挺欣慰的。此时，我要不坐在这个丝瓜架下面，就可能坐在城市哪个酒吧里面，说的也是别的事情。当然，任何一种生活都不会耽误一个作家的写作，因为写作是一个人内心发生的事情，跟你生活在什么地方没有多少关系。我在写作《一个人的村庄》的时候，已经形成了自己完整的内心世界。不管走到哪，都是在带着自己的世界走，不会到一个地方就变成一个地方的人。当然，菜籽沟让我变得更加安静，觉得老年怎么来得这么快，一个人变得无所事事的时候就到了老年。我眼看着自己在一个院子的虫鸣鸟语中慢慢变老，我本来是在某个小区高楼大厦的阴影中老去的。"老是躲不过的，跑到天边也躲不过去。"

喻雪玲：这是《一个人的村庄》里的句子。那时您才三十多岁，就写了好多关于衰老和死亡的事。

刘亮程：是的。我在那时已经把老写尽了，我在那本书中过完了一辈子。还要在别的书中过另一辈子。写作是给作家续命。

西风带上的家乡

喻雪玲：从地形地貌上来说，木垒多沟，菜籽沟旁边就有达坂沟、庙尔沟、沈家沟等带"沟"的地名。俗话说"人往高处走，水往低处流"，为什么这里的人要生活在沟里？

刘亮程：天山北坡沟多，有山就有沟，这里好多村庄安置在沟中，每一条山沟有一条河，或大或小，河水可以灌溉、供人饮用。另外，沟里防风，住着舒适。再者，解放前这里匪乱不断，一有危险，村民往山里躲藏。还有，以前人们靠山吃山，住在沟里进山打柴伐木方便。我们居住的菜籽沟村，以前村民喜欢往沟里住，后来嫌沟里出行不便，又喜欢往村头住。二十世纪九十年代,路边经济成为热潮,大家都想住在路边上,开个饭馆,做个小生意。当地政府也把一些原本在沟里的村子,搬迁到路边,形成路边经济景观。但很快,高速公路的开通又抛弃了这些村庄。

我们菜籽沟东边的四道沟,是四千年前古人类的居住地,菜籽沟也有古人类生活遗迹,出土有古石器、陶罐等。古人类选择一个地方生活,首先要考虑避寒过冬,山沟里冬暖夏凉,到开春在山坡上撒点麦种子,就能有收成。具备古人生活的条件。现在住在沟里的人,延续了古人的生活方式。冬天这里不冷,太阳出来暖洋洋的。春夏雨水充沛,村民在山坡播种就有收获。

喻雪玲:真没想到这里有四千年前古人类生活的遗迹,历史文化底蕴如此深厚。提及附近的奇台、木垒和吉木萨尔,最具代表性的是当地人说的老新疆话,给人印象深刻。我注意到刘老师跟村里人聊天时也会说当地方言,听来非常亲切。

刘亮程:奇台、木垒这一带是汉文化厚积之地。清代收复新疆之后,一批一批的内地汉民来到新疆,把汉文化带到新疆,在此落地生根,代代传承。在此过程中,与当地其他民族一起生活,自然也融入一些当地文化与风俗。从哈密到木垒、奇台、吉木萨尔,一直到玛纳斯、沙湾这一带,汉文化传统体系完整,形成了新疆方言,我们叫老新疆话。老新疆话的形成,从语言学的意义上证明了汉民族是新疆的原住民族之一。因为一种方言的形成需要很长的时间,需要很多人一起共同生活、居住。从清代到民国，从甘肃、陕西、山西、宁夏等地方来的汉民，在新疆东疆一代形成了以"兰银官话"为基础的新疆方言。现在，新疆方言还是北疆一带人普遍说的语言，听上去像甘肃话，但又和甘肃话不完全一样，尤其加入了一些少数民族音译语词，非常独特。

喻雪玲：我在玛纳斯县长大，跟刘老师生活的沙湾县隔了一条玛纳斯河，也算一个地方的人。我从小说新疆方言，上大学后才说普通话，但一回到家，跟父母家人一起，立马转说方言。方言的温暖如意只有远离它再回来才能感受到。

刘亮程：是的。有些话，我们只有回到方言里才能说清楚。方言即是家乡。新疆方言也面临萎缩和消失，因为学校都用普通话教学，官员也提倡说普通话，下一代或几代之后，这种方言也许难以听到了。我们这个时代，眼见着从身边消失的事物太多了，除了怀念也没有别的办法。而文学是怀旧的。作家会固守自己的写作方言，那是不同于别的作家的自己的语言。

喻雪玲：刘老师之前生活在玛纳斯河流域的沙湾，和现居地木垒之间相距千里，两地气候有何不同？

刘亮程：菜籽沟村离我早年生活的黄沙梁村，远隔千里，这在地理上是很大的跨度。但两地都在天山和阿尔泰山之间的准噶尔盆地，都在古尔班通古特沙漠边，最关键的是在一场西风带上。西风一晚上便从沙湾县刮到了木垒菜籽沟。地理是局限的，但风畅通无阻，把各地理板块连在一起。一场风长几千几万公里、宽几千公里，浩浩荡荡刮过大地，刮过你生活之地。

我是在风中长大的。自小吹过头顶的那一场场风，至今还在耳畔。每当西风刮起，总会勾起往事。那风声跟早年的一模一样，甚至风中的气味、风中所携带的尘屑，以及大风天个人的心境，都与过去相似。每一场风都把我带入过去年代的一场风里。

从沙湾到木垒，我在大地上挪动了千里，但还是没有走出一场风。同一场风经过的地方，有太多熟悉的东西：相同的植物顺风播种，遍地生长。走一万里你都在同一样蒲公英生长的领地。还有其他植物，它们在西风中将种子播撒向远处，又在东风中播撒回来。从你家乡飘飞的一粒种子，多少年后在相反的一场风里刮回来，它在远方繁殖无数代，又把种子播撒在家乡。还有人，同一风带上人们风俗相同或相近。风呼啸刮过的大地上遍布人的道路。在新疆，天山与阿尔泰山之间的准噶尔盆地，是西北风畅通无阻的走廊，也是人们放牧耕种的家园。

风在塑造沙漠的同时也在塑造人。我们北疆人盖房子都不在西墙上留窗户，因为冬天寒冷的西北风人受不了。前段时间书院垒了一个狗窝，本来门留在西边最方便，可以照看院子，但我母亲说门开西边冬天西风灌满狗窝，只好开在北边。

到祖先那里去

喻雪玲：刘老师，我最近发现菜籽沟村有一个棺材铺，由此感觉死亡就在不远处，总有种莫名的感觉。以前我在曹文轩的书中看到儿童玩捉迷藏游戏时，会有孩子躲在后院棺材中的细节，后来知道好多地方都有提前准备棺材的习俗。木垒这边是否也有这样的习俗？

刘亮程：中国人养老、防老早早就开始了。一般到六十岁，家里的儿女会把老人的棺材定下来，有时候只是先把做寿房的板子备好，等到事情临近再组装起来。有些老人不放心，还要亲自去棺材铺看，对板子的长度、厚度和棺材样式提出要求，毕竟自己的房子自己要看得舒心。好多人家还会拉回去，定做好的棺材也不能老是放在木匠家。所以村里好些人家闲房子里面会放着一个寿房，有时候还会盛粮食，当柜子用。还有的人家寿房一放好多年，比如六十岁备上，八十岁人才走，一放二十年。这期间假如别人家的人先去世了，寿房可以借让出去，这被认为是好事情。中国的乡村文化对死亡看得很从容，早早就开始准备。当西方人忙着准备天堂的时候，中国老人已经给自己备下了寿房。都是朝来旦去，去的地方不一样。中国人早都知道自己是谁，从祖先来，还到祖先那去，中间六七十年、七八十年是自己活的时间，这个时间你先为儿子、孙子，后来渐渐长大，成为父亲、爷爷，最后就归到祖先那去。这条路是通的。这是我们中华乡土文化对死亡的安排。一切都如此妥当温暖。

喻雪玲：生老病死，时至则行。刘老师看待死生的态度，契合了荀子"生死俱善"、庄子"安时处顺"以及张载"存顺没宁"的中国传统生死观。除了坦然面对死亡，我发现这里的农民虽然劳作辛苦，但当他们干完活儿，晚上吃饭喝酒的时候又是那样欢乐，好像一下忘记了生活的艰辛。苦与乐在他们那里，被融合得恰到好处。

刘亮程：中国农民千百年来形成一种性格，或者一种处世哲学就是接受，或受命。接受苦难，把苦难过成快乐，也接受快乐，把快乐过成忧愁，不断轮回调剂，把日子过下去。农民一年四季没有多少喜庆，也没有多少不喜庆。除了战争、灾变或者强加的各种人祸，就地久天长的农事而言，农村生活都是一平如水、波澜不惊。麦子生长没有声音，日出而作、日落而息也是悄无声息。谁家娶妻生子，热闹喜庆一天，死了人，哭哭喊喊一阵，也都很快就过去了。没有大起大落的悲喜。在这种环境中，所有的惊天动地都被过成平常。

外人看来农村生活多么寂寞、贫穷，就那么一亩三分地，每年就那么点收成。尤其再看看文学作品中描写的过去农民的生活，不由得会为农民伤心，心生悲悯。但是，中国农民千百年来早已把那种生活过惯，学会过苦日子，而且在苦中找乐。这是活下去的基础。在这个村里，以前人们在漫长的冬天没事做，假若在路上碰到哪个人新买件衣服都要去庆贺一下。谁家买了拖拉机、汽车，肯定少不了请左邻右舍吃喝一场。还有前面讲到的各种节庆。我们的乡村文化中妥善安置了人的生与死，人们在这种文化中从容生活，苦和乐都是它的内容，没有什么是不能接受的。

作家是一种状态中的职业

喻雪玲：听说刘老师前年疫情期间，被封在家两个月写出小说《本巴》的主体部分。您说起写作《本巴》时的情景，让我想到自己写论文思考进去时的状态。那种全部注意力凝聚在思考的问题上，整个人完全进入一个问题里的世界，思想慢慢打开、不断向深远处触及的感觉，真是奇妙。刘老师在那么短的时间创作出《本巴》，想必是进入了写作佳境吧？

刘亮程：都说写作靠灵感，其实是一种状态。写作分为入状态和出状态。入状态时，精力非常集中，人在浓浓的写作情绪中，那是一种精神的享受。一旦出了状态，再去看自己在状态中的文字，就像是另一个自己写的。作家是一种状态中的职业，来灵感时完全进入自己所写的那个世界中，这时候你是作家。一旦出状态时你就是常人。

作家需要在出状态时再看自己的文字，那时候他已经从自己的情绪中走了出来，变成一个读者，再去推敲修改，这样会更加稳妥。因为在状态中作家的情绪总是夸张的，当然夸张是文学的主要修辞之一。作家进入状态时，无论他的情绪、感受事物的方式，还是他的语言都是极端的。这种极端情绪可以激活他所写的事物，但是如果把控不好，也会表现得过度夸张。所以，需要在出状态的时候作修改。

喻雪玲：除了进入写作状态，您在创作时是否会考虑写作技巧的选择或运用？

刘亮程：写作，肯定是心中有想表达的内容才会去写。技法是教那些小学生的。小学生不知道该写什么，他们没有内容，所以需要技法构架出一篇文章，再往里填东西。就像古人所说凤头猪肚豹尾，那是八股文的技法，按照这个技法去作文，大体上是没问题的。第一段写得像凤头一样招摇美丽、先声夺人，剩下的是像猪肚一样装东西，最后有一个余味无穷的结尾，这是技法。真正的写作要把技法忘掉。所谓文章，从哪写起都是开头，在哪停住都是结尾。把每一句放到合适的位置，让每个字都醒过来，这是作文的最高技法吧。

喻雪玲：人们总是不断追求世界的真实，但由于个人视角与叙述立场有别，关于同一件事不同人有不同的描述。所谓真实，可能只是一种相对真实。那在作家眼中，文学真实又该如何理解？

刘亮程：我之前作为一个案件的目击证人，接受过公安的询问。作为一个线索的提供者，我的叙述语言与公安最后的记录语言差别非常大。这也触及写作的真实性问题。按说，公安对一个案件的侦破，是最讲究真实性的。当公安对目击证人询问的时候，目击证人是这个事件的亲历者又是描述者，他努力想表述他所看到的真实。但当这种描述转换成公安的笔录证词的时候，由于公文要求简洁，会把细节全部省略，只剩一个结果。整个过程中，目击证人叙述的重点在过程，而公安只对那些关键的证据点感兴趣，对目击证人陈述的其他细节不感兴趣。事实上，细节构成了案件的全部，而公安关注的是证人所看到的结果。这就是语言针对一个案件公文层面的表述。由此我们可以往深处想：文学是什么？文学的真实到底是什么？因为对一个事件的任何叙述都是挂一漏万的，所以文学语言的真实性在哪里？

当一个真实事件，公安的调查材料和法院的判决（公文）及事件的报道（新闻）都完成后，假如文学介入，作家能怎样去书写整个事件？它能比对这一事件的新闻报道更真实吗？能比法院对事件的描述更客观吗？

文学可能并不会去推翻结果。但它会复活"事件"世界，给其中的每个人找到"活路"或"死路"，会创造无数的生命可能，会有情感的加入，情感会改变故事，最终决定"事件"世界的走向。

喻雪玲：说起文学真实，这次来书院刚好您的母亲也在，近几天我跟奶奶聊起你们之前在沙湾黄沙梁生活的日子，我说到《寒风吹彻》中所写的寒冬拉柴的事，您母亲说，那都是真的。我当时听了非常震惊，真没想到刘老师还经历过那样的生活。难怪文章那样地打动人心，原来是有现实基础。

刘亮程：《寒风吹彻》在这个世纪初被收入苏教版中学语文教材，在网上可以看到非常多老师对于这篇文章设计的课件，我还在微博留言中看到许多中学生说他们中学时代印象最深的一篇课文就是《寒风吹彻》，有些孩子还说自己在课堂上读这篇文章时哭了出来。这篇文章确实有它真实的震撼力，就像我母亲说的它的细节是真实的。一个被新疆的极度寒冷冻透的人，被寒冷冻到骨头里的人才会写出《寒风吹彻》。文学是虚构的，但是它的细节，震撼人的那些细节，是具有真实的力量存在。《寒风吹彻》中那漫天的大雪、呼啸的北风、一个人赶着牛车在寒冷的冬夜去拉柴火，被寒冷冻坏骨头的细节是虚构不出来的。一个又一个真实的有关寒冷的描述成就了这篇文章，它确实有一种寒风刺骨的力量，这种力量蕴含在文章中每一个字中间。读者从读第一个句子的时候，就会陷入这场大雪中，这就是文学的魅力。

喻雪玲：刘老师的文字读起来总是那么有味道，经得起读者一遍遍阅读与思考。但写作说到底，终究还是作家的个人叙述，虽然建立在一定事实基础上，但其中总有虚构部分吧？

刘亮程：不管写散文还是小说，文学写作的本质是虚构。即使写一部纪实散文，看似在写真实发生的事，但那个事已经发生过，你用文字在重新创作它。你照着这个实去写时，文字自然而然走向虚构之路。你只是用文字在接近它。

我写任何东西，都是在用文字重新创作它。它在生活中发生过或只在想象中发生过，它将在我的文字中重新发生。这就是写作。文学只有一种真实，就是文学的真实。

喻雪玲：文字从刘老师笔下流淌出来优美又灵动，还富有多义性。您的每一句叙述都将读者带到一个意义的多岔道口，似乎要蔓延至四面八方，这些句子如同读诗歌一般丰富。您的文字是一种理性的感性呈现，其中意蕴值得一遍遍咀嚼。刘老师是如何让文字达到这种效果呢？

刘亮程：作家每写出一句时，心中都有万语千言。但作家不可能说出那么多，那样说出来就是一堆废话。他要从万语千言中抽出一句来说，这一句话要说出万语千言。所以这一句是多么重要。写作就是这样，一句一句，从语言的荒芜杂草中穿过。把多余的字删掉，把干扰这一句的其他句子删掉。剩下的语句，带着所有想说、想表达的。那是穿过语言的语言，一定让自己和读者惊羡。

对自己的文字一读再读的时候，就知道哪些句子是多余的，哪个字是多余的。养成反复修改的习惯。我是一个有语言洁癖的人，某一个句子没写好，都会停下不写。即使一个词，也可能影响整个文章。在一篇文章中，语言的出场，是最有仪式感的，不能随便地写出一句，那每一句都是从嘈杂中走出的自己，亭亭玉立，有自己的语言姿态、风韵、气质，挺着胸迈着自信的步子。每一句都是不平凡的出场，从俗世的言语中走出来，卓尔不群，超凡脱俗。

喻雪玲：刘老师对写作语言有着高标准严要求，出自您手中的每一个句子都像从清水中淘洗过一般，清澈又干净。现在很多悲情电影或者故事，通过情节的悲惨赚取读者的眼泪，但在流泪之后也就过去了。读您的《寒风吹彻》时，我虽然没有流泪，却如骨鲠在喉，心情极为复杂，过很久都难以忘怀。刘老师怎么看待作家创作中的眼泪问题？

刘亮程：作家要注意节制情感，我会控制自己尽量不要让读者流泪。有的作家喜欢把读者挟裹到他的泪水中去，这是我不喜欢的。作家要让自己的文字，写到读者正好要流泪的时候，把它控制住。让读者止住眼泪，给阅读以尊严，让感动发生在内心，而不是有意设置泪点，让读者去流泪。眼泪是人最表层的情感，能让人流泪的东西不一定深刻。最深层的感动是不会流泪的，如雷声在内心滚过。

寒风吹彻，
现世温暖

今天给大家讲我的文章《寒风吹彻》的写作背景，以及我对人生的寒冷、死亡等终极命题的思考。

《寒风吹彻》这篇文章，写于1996年的冬天，那时我三十四岁。三年前，我辞去沙湾县乡农机管理员的职务，在乌鲁木齐打工。刚来乌市打工时，我还一头乌发，前额的头发能遮住眼睛，仅仅几年时间，就谢顶了。谢顶是头发的谢幕。当那些黑发一根根从头顶脱落的时候，我真的不知道自己的生命中发生了什么，头发不告诉我它因何脱落，只是额头有了一种光秃秃的感觉。

刚谢顶那会儿，还有一丝裸露的羞涩和不好意思，后来也就渐渐习惯了。

我记得在一个大雪纷飞的黄昏，我茫然地走在乌鲁木齐的街道上，寒风挟裹着雪片，吹打在我裸露的额头上，那一刻，仿佛这个世界所有的寒冷，都堆砌在我一个人身上，那些被我忘记的寒冷也全部袭来。回到宿舍后，我写了《寒风吹彻》这篇文章，它收录在最早出版的《一个人的村庄》里。后来，在这个世纪初，被选入苏教版中学语文课本。

《寒风吹彻》收入语文课本，成了当时网络上的一个语文事件，各种讨论反响都有。有教师认为这篇文章过于寒冷，可能不适合这个年龄的学生阅读。但是，有那么多的老师喜欢它，做了一份又一份别开生面的解读课件，有那么多的学生被感动，我在自己的博客中看到好多学生的留言，他们把《寒风吹彻》当作中学时期最刻骨铭心的一篇课文。

在你们这个年纪，人生的寒冷和死亡都遥不可及。你们只是经历家人、亲人、熟人和陌生人的死亡。

对于个人来说，死亡是一件不存在的事情，我们活着时看见和经历的都是别人的死，自己的死远未到来，或者说我们到老都走不到自己的死亡跟前，死亡是另一重天，活着时我们不知道它是什么，死后又什么都不知道了，无法把死亡的感受和消息，传递给活着的人，那是完全隔绝的两个世界。

就在去年冬天，我在村里经历了一个老太太的死亡。

这个老太太住在我们书院后面的路边上，每次经过时都会看到老人家坐在墙根晒太阳，我还想着等我闲下来，过去跟这个老人家聊聊天，她的头脑中一定装着这个村庄的许多故事，一定有那么多没有说出的微笑和眼泪。但是，我永远错过这个机会了。

老太太的丧事一下子来了好多人，路边停满了大车小车，从车牌号看，有来自本地的、自治区首府的和其他地州的。这个荒寂了多少年只有两个老人居住的破院子，一下有那么多人进进出出，仿佛是被他们忘掉的一个家，突然人都回来了。

葬礼举办了三天三夜。

来参加葬礼的有老太太同辈的兄弟姐妹，都老了，儿女陪着过来。再上辈或许没人了。有儿女的同事朋友，远远近近的亲戚，再就是本村的男女老少。他们中的绝大多数，是不会在老人活着时来看她的。活着是她个人的事，小事。死了就成为全家族全村庄的事，大事。

生为小，死为大。

我们是向死而生的民族，一切的生，都向死而准备。

站在这个老人的葬礼上朝回看，她一生中有过多少跟自己有关的礼仪场面啊，出生礼、成年礼、婚礼、寿礼，到最后的葬礼，一个比一个热闹。最后那个自己看不见由别人来操办的葬礼应该最为隆重，从这个隆重的葬礼望回去，一生中所有的礼仪似乎都是为最后的葬礼做的预演。

由此，体面地操办一场葬礼，也是活着的人的一个心愿。尤其在村里，这样的心愿体现在人们参加葬礼的热心上。老人在上，谁都要送老。谁家的老人不在了，知道的人都会去送。这叫帮忙，积攒人情。为自己家人的老、自己的老，积攒足够的体面和场面，最后成功地办成一场葬礼。

这就是我们身边一个普普通通的人的一生。从一个村庄到一座城市，到一个国家，我们都在这样活、这样死。

《寒风吹彻》写到了人生的寒冷与死亡。写这篇文章时，我三十多岁，还年轻，但是已经到了能够感知人生寒冷与死亡的年龄。

文中写了四个人物。

第一人称的"我"，在三十岁这一年的冬天，看着大雪降临到村庄田野。

"雪落在那些雪落过的地方"，文章第一句，给全篇营造了一种特别的氛围，在这场漫天大雪落在村庄、落在我的院子之前，已经有许多年的雪落在这里。多年的雪积累在一个人生命中，每一场雪背后都有无数的落雪，每一年的落雪之外，都有几十年、百年、千年的落雪。这一句话，把文章带入一场铺天盖地、经年累月的大雪中。

三十岁的我，在这个冬天回忆自己经过的半世人生，用那双冰冷的手，从头到尾抚摸自己的一生。想到自己处在自然界的一个寒冷冬天中。这样的冬天有可能过去。但是，人生中还有一种冬天，叫生命的冬天，正在一步步到来。当一个人的生命像荒野一样敞开时，他便再无法管好自己。每个冬天的大雪，看似过去了，其实都在生命的远处飘。每个冬天的寒冷看似被暖过来，但是它还在生命中残留。如果生命是一个大院子，一生中的每一扇门，我们都无法关好，每一扇窗，我们都不能完全掩住。寒冷总是通过那些看不到的缝隙，侵蚀你的生命。

这是文章中的第一重寒冷。

第二个人物是我亲眼看见冻死在村里的一个外来乞讨者，我在前一天还让他到屋里烤火。但是，他的寒冷，显然不是一小炉火可以烤暖的。第二天，我看到他倒在残雪中，半边身体被积雪掩埋。他被生活和寒冬彻底冻透。

第三个人物是我的姑妈，她年老多病，一到冬天就蜷缩在屋里，围着小火炉，她总是担心自己过不了冬天，她在自己的冬天里盼望春天来临。其实，她的生命中或许已经没有春天，那个自然界的春天，只是来到大地上，来到别人的生活中，她的生命已进入无法转暖的寒冬，但她还是渴望春天。姑妈死在了一个我不知道的冬天。这是文章中的第三场寒冷。

第四个人物是我的母亲，她如今七十多岁，跟我们一起生活。母亲二十多岁时生了我，我在她身边待了五十年，半个世纪，几乎从她最年轻的时候，看到现在，我是看着她长老的。但是，当我看着身边的年老的母亲，竟然一点都想不起她年轻时候的样子，仿佛她很早就老了，在我一两岁的时候她就老了，她的年轻被自己过掉，又被她的儿子忘掉。

母亲生了七个儿女，个个孝顺，她的老年生活应该是非常幸福的。可是，作为他的儿子，我知道，我们对她所有的关爱和孝顺，都不能抵挡时间中那个寒冬，它早已来到母亲的生命中。每当我看见母亲的鬓发斑白，病弱身体，我便知道她正一年年地走进自己的寒冬，在她的生命里，那些雪开始不化，日子不再转暖。就像文中所写"落在一个人一生中的雪，我们不能全部看见，每个人都在自己的生命中，孤独地过冬。我们帮不了谁"。

这是文中的第四场寒风，还未吹彻，但已彻骨。

行文至此，屋外的大雪和生命中的寒风，已然交汇在一起。雪越下越大，这场自然界的大雪，它每一年都落，我们每一年都躲不过去。自然界用这样铺天盖地、让每个人都躲不过去的一场场大雪，从我们的童年开始落起，落到青年、中年、老年，在它的凛冽寒冷中我们长岁数，增添承受寒冷的勇气和能力。

这篇文章固然有彻骨之寒，但是，正因为有一场一场的寒冷，我们等来了寒冷后面的那个春天。一个又一个黑夜之后，我们等到了黎明。尽管冬天过去，还会有寒冬，我们从这周而复始的寒冷中，学会了坦然接纳这一切。

大雪覆盖，大雪并未覆盖掉一切。寒风吹彻，寒风并未彻骨所有生命。村庄里还有燃烧的火炉，还有年轻年老的生命在过冬，尽管每个冬天都有人被留住，下一个春天的大地不再有他的脚印，空气中不再有他的呼吸，但是春天依旧来到大地上，来到所有蓬勃生长的生命中。

知道生命终有一个走不出去的寒冬，知道人世间所有的温暖都抵不过那场最后的寒冷，所以坦然地去走，走过所有开花的春天和落叶的秋天。

坦然，是我们在世间获得的最为珍贵的温暖。

2017.11.12
清华大学演讲

铁匠已经打完
最后的驴掌

——《最后的铁匠》创作谈

十七年前,我受约写一本新疆古镇的小书,在南疆行走,走到库车被那里的驴叫声留住。当时库车是有名的毛驴大县,四十万人口,四万头驴,四万辆驴车,全库车的人和物产,都在驴车上,拉着转。龟兹河滩上的万驴巴扎更是让我迷恋,千万毛驴和驴车,铺天盖地,真是世间难见的毛驴壮景。我在库车停下来,写了《库车行》,后来又改名《驴车上的龟兹》再版。

《最后的铁匠》是该书的首篇,老城铁匠铺是我常去的地方,一截短短的巷子里有三家铁匠铺,叮叮当当的打铁声相互听见,铁匠炉前一天到晚聚着人。库车因为驴多,形成一个完整的手工驴产业,做驴车套具、驴拥子需要皮匠,打造驴车要木匠,钉驴掌要铁匠。铁匠铺除了打坎土曼镰刀,其余就是给驴做活儿。

我曾建议库车保护好当地的驴资源，把毛驴大县当一个品牌去打，因为许多地方已经没有驴了，当全世界都没有毛驴时，人们会到库车来找驴，来看驴。我还建议库车机场建一个毛驴车接机口，给驴和驴车创造活路。想想吧，那些外地游客下飞机直接坐驴车，一步踏入千年龟兹，这是何等感受。

可是，现在库车没有驴了，替代驴和驴车的是三轮摩托。那边的朋友说，来客人拍张毛驴照都得看运气能不能碰上一头。没有了驴和驴车，皮匠、木匠、铁匠自然就没用了。这些跟驴有关的手工产业链也就不复存在。

上个月到南疆麦盖提驻村点认亲戚，走了一路只看见一头毛驴，拴在人家低矮的圈棚下，鬼鬼祟祟地看人，住上安居砖房子的农家，已没有驴圈的位置。我记得过去走进村里人家，院子里总有一双驴眼睛看你，那是主人之外的另一双眼睛，在巴扎上在田间也到处能遇到这样的注视。我在长篇小说《凿空》中，也反复写到那双鬼祟而深沉地看着人世的驴眼睛。现在到哪里都只有人的眼睛，再没有驴这样的四条腿生命和你同行，千万条毛驴背过脸去不再看我们。

我在麦盖提认的亲戚家只有几亩地，都转给了别人，一家人的收入不知道从哪来。

这时我又想起十几年前的想法，那时候每家都有几头驴，驴不值钱，六七百块钱一头，现在驴的价格是那时的十倍。如果每家的毛驴还在，或是家里有一头母驴，母驴下母驴，三年四头驴，就是好几万的产值。每年卖一头驴，近万元的收入，也够一家人生活费用。

几个月前看到一则报道，通过巴基斯坦瓜达尔港自中巴公路运来的四百头驴，抵达乌鲁木齐。中国的阿胶产业对驴需求巨大，巴基斯坦已经在投入巨资为中国建驴产业基地。

新疆南疆的养驴户显然赶不上这趟生意了。

我曾建议南疆农村实施毛驴扶贫，一户一头驴，三年可脱贫致富。

现在农民也开始想念毛驴，几千块钱买一个三轮摩托，三年后剩下一堆废铁。一头驴养几年，就是一堆驴，一大笔家产。

可是，村里的贫困家庭，哪能买得起驴。驴从十几年前的七八百块钱，涨到如今的七八千元上万元。即使有一头驴，驴槽、驴圈、驴掌、驴拥子，这些跟驴有关的手工产业没有了，给驴干活儿的一代匠人老了，走了。我在写《最后的铁匠》那篇文章时，这一切都还在。

库车老城那个最后的铁匠，已经在十几年前打完最后的驴掌，从此这个世界上再难听到驴叫，我们的耳朵里只剩下嘈杂人声。

2017.4.5

木垒书院

一个人的
时间简史

——从《一个人的村庄》到《本巴》

一

我常做被人追赶的噩梦,我惊慌逃跑。梦中的我瘦小羸弱,唯一长大的是一脸的恐惧。追赶我的人步步紧逼,我大声呼喊,其实什么声音都喊不出来。我在极度惊恐中醒来。

被人追赶的噩梦一直跟随我,从少年、青年到中老年。

个别的梦中我没有惊醒,而是在我就要被人抓住的瞬间,突然飞起来,身后追赶我的人却没有飞起来。他被留在地上。我的梦没有给他飞起来的能力。

我常想梦中的我为何一直没有长大,是否我的梦不知道我长大了。可是,另一个梦中我是大人,梦是知道我长大的。它什么都知道。那它为何让我身处没有长大的童年?是梦不想让我长大,还是我不愿长大的潜意识被梦察觉?

在我夜梦稠密的年纪，梦中发生的不测之事多了，我在梦中死过多少回都记不清。只是，不管多么不好的梦，醒来就没事了。我们都是这样从噩梦中醒来的。

但是，我不能每做一个噩梦，都用惊醒来解脱吧，那会多耽误瞌睡。

一定有一种办法让梦中的事在梦中解决，让睡眠安稳地度过长夜。就像我被人追赶时突然飞起来，逃脱了厄运。

把梦中的危难在梦中解决，让梦一直做下去，这正是小说《本巴》的核心。

在《本巴》一环套一环的梦中，江格尔史诗是现实世界的部落传唱数百年的"民族梦"，他们创造英勇无敌的史诗英雄，又被英雄精神塑造。说唱史诗的齐也称说梦者，本巴世界由齐说唱出来。齐说唱时，本巴世界活过来。齐停止说唱，本巴里的人便睡着了。但睡着的本巴人也会做梦，这是说梦者齐没有想到的。刚出生的江格尔在藏身的山洞做了无尽的梦，梦中消灭侵占本巴草原的莽古斯，他在"出世前的梦中，就把一辈子的仗打完"。身为并不存在的"故事人"，洪古尔、赫兰和哈日王三个孩子，创造出一个又一个与生俱来的好玩故事。所有战争发生在梦和念想中。人们不会用醒来后的珍贵时光去打仗，能在梦中解决的，绝不会放在醒后的白天。赫兰和洪古尔用母腹带来的搬家家和捉迷藏游戏，化解掉本巴的危机，部落白天的生活一如既往。但母腹中的哈日王，却用做梦梦游戏，让所有一切发生在他的梦中。

《本巴》通过三场被梦控制的游戏，影子般再现了追赶与被追赶、躲与藏、梦与醒中的无穷恐惧与惊奇，并最终通过梦与遥远的祖先和并不遥远的真实世界相连接。

写《本巴》时，我一直站在自己的那场噩梦对面。

像我曾多少次在梦醒后想的那样，下一个梦中我再被人追赶，我一定不会逃跑，我会转过身，迎他而去，看看他到底是谁。我会一拳打过去，将他击倒在地。可是，下一个梦中我依旧没有长大到跟那个追赶者对抗的年龄。我的成长被梦忽略了。梦不会按我想的那样去发生，它是我睡着后的生活，不由醒来的我掌控。我无法把手伸到梦中去帮那个可怜的自己，改变我在梦中的命运。

但我的小说却可以将语言深入到梦中，让一切如我所愿地发生。

写作最重大的事件，是语言进入。语言掌控和替代发生或未发生的一切。语言成为绝对主宰。所有故事只发生在语言中。语言之外再无存在。语言创始时间、泯灭时间。我清楚地知道，我的语言进入到冥想多年的那个世界中。我开始言说了。我既在梦中又在梦外看见自己。这正是写作的佳境。梦中黑暗的时间被照亮。旧去的时光又活过来。太阳重新照耀万物。那些坍塌、折叠的时间，未被感知的时间，被梦收拾回来。梦成为时间故乡，消失的时间都回到梦中。

这是语言做的一场梦。

这一次，我没有惊慌逃跑。我的文字积蓄了足够的智慧和力量。我在不知不觉中面对着自己的那场噩梦，难言地写出内心最隐深的意识。与江格尔史诗的相遇是一个重要契机，史诗给了我巨大的梦空间。它是辽阔大地。我需要穿过《江格尔》浩瀚茂密的诗句，在史诗时间之外，创生出一部小说足够的时间。

二

在我小时候的记忆中时间是停住的，老人活在老年，大人活在中年，小孩活在童年。一间间的时间房子里住着不同年纪的人。我曾反复做一个梦：我穿过一间挨一间熟悉或陌生的空房子，永远没有尽头。我在那里找奶奶，找我父亲。

我出生时奶奶就很老了，我没见过她年轻，便认为她一直是老的。父亲没活到老，他在我八岁时离世，奶奶目睹独生儿子的死，白发人送黑发人。父亲去世后奶奶活了三年，丢下我们几个未成年的孙子孙女离世了。从那时起村里老人一个跟一个开始走了，好像死亡从我们家开始，蔓延到村庄。

"我在黄沙梁还没活到一棵树长粗，已经经历了五个人的死。那时全村三十二户，二百一十一口人，我十三岁，或许稍小些，但不是最小的。我在那时看见死亡一个人一个人向我这边排。"在《一个人的村庄》中我写过一棵树、一只甲壳虫、一条狗以及《韩老二的死》，还写了《我的死》，我给自己预设了好多种死法，也创生出各种逃生续命的方法。我在那时看见死亡如根盘结，将大地生灵连为一体。"任何一株草的死亡都是人的死亡。任何一棵树的夭折都是人的夭折。任何一粒虫的鸣叫也是人的鸣叫。"

在更早的诗歌中，我写到"生命是越摊越薄的麦垛，生命是一次解散"。这场"摊薄""解散"的生命历程，穿过《一个人的村庄》，在《虚土》中扩展为人一生的时间旷野。

《虚土》是我生命恍惚的中年写的第一部小说，我刚过四十岁，感觉上到一个坡上，前后不着村店。我在书中写到一个从没见过面的父亲，他每次从远处回来都是深夜，他的孩子熟睡在月光中，他的妻子眼睛闭住，听自己的男人摸索上炕。

我对父亲的记忆很少，他是一个旧式文人，会吹拉弹唱，写一手好毛笔字，还会号脉开方子。我最早读到的书，是他逃荒新疆时带来的中医书。但我记忆最深的是后父，他在我十岁时赶一辆马车把我们家拉到另一个村庄。后父是说书人，或许受他启发，我后来成为写书人。我写过许多关于后父的文章，却极少写到亲生父亲。我把父亲丢掉了，我关于他的所有记忆都是模糊的。

多少年后我活到父亲死去的年龄，前头突然空荡荡了。那是父亲没活到的荒凉岁月。没有一个白发苍苍的老父亲在前面引路，这时我才意识到父亲又一次不在了，"我在那些老去的人中没看见他，他的老年被谁过掉了"。

这样的时间感受写在《虚土》中。

我原初的构思是写几十户人从甘肃逃饥荒到新疆,在沙漠边垦荒生存的故事,有父亲带全家逃荒的背景,它注定是一部小说。

《一个人的村庄》最初也是当小说写的,写了好几万字,才知道它不应该是小说。我不喜欢处理村庄的琐碎物事,这会让文字变俗。当散文去写时随心顺手了,我把故事和人物安顿在一个个单独的时间房子里,这些时间房子组成一个村庄的浩茫岁月。这样没写完的小说一段一段地截成散文,之前没完成的诗歌也改成散文。那个叫黄沙梁的村庄,我曾用诗歌和小说尝试书写它,最终以散文获得成功。这本使我从诗人成为散文家的书,也几乎让我把一辈子的散文写完了。

《虚土》的小说意志坚持到了结尾,尽管一些段落单独看还是散文,但也只是像我的散文,而我的散文本身像小说。那些不可能发生的事,弥漫着可能的生活气息。最真实的细节垒筑起最虚无诗意的故事。我写过十多年诗歌,写《虚土》时才找到连绵不绝的诗意。我把诗歌意象经营成了小说故事。诗人的冲动却使这部小说的主题严重走偏,原本构想的逃荒背景不重要了,故事从外向内发生,最终写了虚土梁上一群尘土般扬起落下、被时间驱赶的人。

小说中"五岁的我",在一个早晨睁开眼睛,看见村里那些二三十岁的人在过着我的青年,六七十岁的人在过着我的老年,而两三岁的人在过着我的童年,我的一生都被别人过掉，连出生和死亡都没有剩下。这个孤独的孩子，只看见生命中的一个早晨，"剩下的全是被别人过掉的下午和黄昏"。在深陷茫茫荒野的虚土庄，每个人都像是我又都不是，所有人的故事都像是我亲身经历，但真正的我在哪里？

一个人的一生和一村庄人的一生如花盛开在荒野。

道路被埋住又挖开，房屋拆除又重建，其目的只是报复一个长途回家的人，让他永远找不到目的地。瞎子摸遍村庄的每一件东西，他从来不知道人们说的黑是什么。我在虚土庄尝试各种各样的活法：挖一口深井让自己走失在土中，从一个墙洞钻过去，在邻家院子寂寞地长大再钻不回来，变成一只鸟、一窝老鼠中的一个。那个赶马车在远路上迷失，老态龙钟回到村庄的人是我，"命被西风拉长"，被布满道路的每一个坑洼耽误掉一辈子的人是我。我的生命化成风、老鼠、树叶、一粒睁开眼睛的尘土，我为自己找见的所有路都不是路，我一次次回到别人家里，过着自己不知道的生活。

每个单独的时间房子，开着一扇面朝荒野的门。"我看见自己的人群"，集合在时间的旷野。每一天每一年的我，都在那里活着。我叫了不同的名字，经历各种生活，最后归入树叶尘土。

小说末尾，这个几乎过完了我一生的村庄，让我说出一个早晨，我唯一看见的早晨。他们醒来时总是中午，虚土庄的早晨被我一个人过掉了。

《虚土》写作是困难的。我要找到一种在梦与醒间自由转换或无须转换而通达的语言。我让梦呓延伸到早晨，与醒无缝连接。或者一句话的前半句在现实中，后半句已入到梦里。

我曾写过一只"醒来的左手"，它能在人睡着时伸进梦里，把梦中的财富拿到梦外，也能把梦外的东西拿到梦中。我知道这只伸进梦中的手是语言。

我用在醒和梦中通用的语言，叙述那个半睡半醒的虚土庄，弥漫在每一句的诗意，模糊了现实与梦的界限，也无所谓梦与醒，语言的特殊氛围笼罩全篇。我不屑去交代故事关联，自我气息贯穿始末。文字到达处，黑暗中的事物一一醒来。语言如灵光一路照亮，又似种子发芽，生长出虚土上不曾有的事物。

虚土庄人最恐惧的是时间。人一旦停下来，时间便变成一个坑，让人越陷越深。他们只有不断地把自己走远。但时间的坑洼布满道路，随便一件小事都可耗掉人的一生。唯有那粒睁开眼睛的尘土，高高地悬浮在时间上面。那些布满时光尘埃的文字，每一句都想飞，每一段都飞了起来，我想带着一个村庄的重，朝天空和梦飞升。就像那个梦中我带着地上的恐惧飞起来。

"梦把天空顶高，将大地变得更加辽阔。"

三

《凿空》写一个停住不动的故事：两个挖洞人在黑暗地下

担惊受怕的挖掘，和一村庄人在地上年复一年的等待。这里的生活像一声高亢驴鸣，飙到半空又落回到原地。发生了什么但什么都没有发生。这是我曾生活其中的乡村。我懂得它的缓慢时光。我想写出时间迟缓地对人和事物的消磨。还有，跟人在同样漫长的时间里活成另一种生命的毛驴。我写了四十多万字，最后出版时删了十几万字。谁有耐心看一个停住不动的故事呢。但我有足够的耐心让那个叫阿不旦的村庄在时间里悠然停住。

我曾说过散文是让时间停住的艺术，散文的每一句都在挽留、凝固时光。我早年的散文爱用句号，每一句都让所写事物定格住，每一句都在结束。散文不需要像小说那样被故事追着跑。

但小说一定要被故事追着跑吗？

一定有另一类小说，为完全不同的另一种生活所拥有。《凿空》是我盛年倔强的书写。小说人物的孤僻不从，是那个年龄我的心性写照。这样的倔强让小说叙述更合我意。我没有在这部小说中妥协，也便不会在下一部小说中随俗。

《凿空》是我跟生活之地的一场迎面相遇。

我赶上了拖拉机和三轮摩托正在替换毛驴和驴车的时代。驴的末世到来了。眼看着陪伴人类千万年的毛驴，将从人的生活中消失。驴什么都明白的眼神中满是跟人一样的悲凉。

一种生命的消失意味着什么呢？从此人的家里再没有一双驴眼睛，时时看着人过日子。当人的世界只剩下人，人的生活只被人看见，这是多么的孤独和荒谬。可能人不需要驴来证明自己存在。但是,当那双如上帝之眼悲悯地看着人世的驴眼睛永远闭住时,人世在它的注视中便已经坍塌了。

一场浩大的人和毛驴的告别就发生在眼前,一群一群的驴在消失,随之消失的是跟驴相关的手工业,做驴车的木匠、打驴掌的铁匠、做驴拥子的皮匠,都失业了。我几乎在这一切发生的同时,写出了《凿空》。我定格了那个村庄的时间:被铁匠铺改造的拖拉机,最后变成一堆废铁回到铁匠铺;龟兹研究院的王加在阿不旦人手中的坎土曼上,窥探他们耗费的精力和时间;张旺才和玉素甫两个挖洞人,在洞中靠地上传来的动静知道天亮了。

我最喜欢写挖洞的那些文字,在黑暗地下,人四肢爬地,像动物一样往前挖掘,耳朵警觉地听地上的动静,生怕自己的挖洞行为被发现。我出生后一直住地窝子,那是一个挖入地下的洞,只有一方天窗透进光亮来。我在那个洞里听见树根扎入地下的声音,和地上所有的动静。《凿空》中那个挖洞人是早年的我,我想挖开时间的厚土,找到那间童年的地下房子。而地上的沉重生活,终究将地洞压塌。

被压塌的还有毛驴的叫声。我和毛驴有过很长的相处,写作时,它的眼睛成了我的,它最后看见的世界被我用一部书珍藏。毛驴曾用高亢的鸣叫"把人声压在屋檐下"。如今那个"一半是人的,一半是驴的"的村庄已不复存在。但驴"斜眼看人"的犟脾气,被一个写作者继承下来,并在之后的小说中,完成了对这一生命最为血性与柔情的书写。

四

有很多年我盯着这里的一个时间在看,那是公元1000年前后,我生活的土地上正发生影响最为深远的战争,两大信仰在西域尘土飞扬的土地上争夺人的灵魂。今天这里人们的信仰状况,都跟那场战争的结果有关。我读那个年代的史料、诗歌,去战争所经的村庄城市,走访残存的战争遗址。当地人说起千年前的那场战争,仿佛在说昨天的事。

《捎话》回到那段惊心动魄的改变人灵魂的时间里,窥探灵魂被迫改变时人的肉体状态。或是肉体将被消灭时人的灵魂状态。小说出版后,有评论家分析《捎话》中写了许多有裂隙的生命:毗沙人的身体和黑勒人的头错缝在一起的鬼魂妥觉;从不见面但如同一人的孪生幽灵将军乔克努克;孩子被缝进羊皮制作的人羊;还有驴人、驴马合体的骡子。我几乎在不知不觉中写了这么多分裂但又努力弥合的生命,一定是我感知到太多来自历史和现实的裂隙,它们成为我的心灵裂缝。一个地方的残酷历史,最终成为写作者的伤心往事。

《捎话》由小毛驴谢和捎话人库轮流叙述。开篇由谢和库分别交叉叙述,故事发生的时间双头并进,交合一起。到第二章库和谢的叙述扭在一起。不细心的读者会将其当全视角小说去读,当然也没问题。毛驴谢和库的叙述视角转换天衣无缝。在人物设置中库懂几十种人的语言但听不懂驴叫,也看不见鬼魂。毛驴谢能看见声音的颜色和形状,能听见鬼魂说话。小说中鬼魂妥觉的讲述都是毛驴谢一路上听到的。这头小母驴的耳朵里灌满了鬼话人话。最后，懂得几十种语言的捎话人库叫出"昂叽昂叽"的驴鸣，他终于听懂人之外另一种生命的声音。

这部小说我先写出故事结局：破毗沙国。然后回头去找它的身体。中间最重要的部分"奥达"也是先写完的，所有朝结尾归拢的故事，最后找到开端。小说中哪一块天亮了，就从哪儿写起。语言未进入的部分是喑哑的。语言是黑暗的照亮。《捎话》也是一部写语言的书，不同语言区域的人们需要靠翻译来完成捎话，因为"所有语言里天亮这个词，在其他语言中都是黑的"。小说结束于"破城"，一个城邦之国灭亡了，随之覆灭的是"说毗沙语的舌头"。消灭语言才是战争的最终目的。被毗沙语说出的事物从此消失，战胜方黑勒语将说出和命名一切，毛驴也只容许被黑勒语的名字称呼。但驴叫声不会改变——那是漫长时间中唯一没被改变的声音。

《捎话》写完后，我的另一部小说也已经准备充分，故事是发生在二百多年前的土尔扈特东迁，回归祖国。我为那场十万人和数百万牲畜牺牲在路上的大迁徙所震撼，读了许多相关文字，也去过东归回来时经过的辽阔的哈萨克草原，并在土尔扈特东归地之一的和布克赛尔蒙古自治县做过田野调查。故事路线都构思好了，也已经写了好几万字，主人公之一是一位五岁的江格尔齐。写到他时，《本巴》故事出现了。

那场太过沉重的"东归",被我在《本巴》中轻处理了。我舍弃了大量的故事,只保留十二个青年去救赫兰齐这一段,并让它以史诗的方式讲述出来。我没有淹没在现实故事中。

让一部小说中途转向的,可能是我内心不想再写一部让我疼痛的小说。《捎话》中的战争场面把我写怕了,刀砍下时我的身体会疼,我的脖子会断掉,我会随人物死去。而我写的本巴世界里"史诗是没有疼痛的",死亡也从未发生。

《本巴》出版后的某天,我翻看因为它而没写出的东归故事,那些曾被我反复想过的人物,再回想时依然活着。或许不久的将来,他们全部地活过来,人、牛羊马匹、山林和草原,都活过来。这一切,有待我为他们创生出一部小说的时间来。一部小说最先创生的是时间,最后完成的也是时间。

五

《本巴》的时间奇点源自一场游戏。在"时间还有足够的时间让万物长大"的人世初年,居住在草原中心的乌仲汗感到了人世的拥挤,他启动搬家家游戏让人们回到不占多少地方的童年,又用捉迷藏游戏让人地上的一半人藏起来,另半去寻找。可是,乌仲汗并没有按游戏规则去寻找藏起来的那些人。而是在"一半人藏起来"后空出来的辽阔草原上,建立起本巴部落。那些藏起来的人,一开始怕被找见而藏得隐蔽深远,后来总是没有人寻找他们便故意从隐藏处显身。

按游戏规则，他们必须被找见才能从游戏中出来。可是，本巴人早已把他们遗忘在游戏中了。于是，隐藏者（莽古斯）和本巴人之间的战争开始了，隐藏者发动战争的唯一目的是让本巴人发现并找到自己。游戏倒转过来，本巴人成了躲藏者，游戏发动者乌仲汗躲藏到老年，还是被追赶上。他动用做梦梦游戏让自己藏在不会醒来的梦中。他的儿子江格尔带领本巴人藏在永远二十五岁的青年。而本巴不愿长大的洪古尔独自一人待在童年，他的弟弟赫兰待在母腹不愿出生。努力要让他们找见的莽古斯一次次向本巴挑衅，洪古尔和赫兰两个孩子担当起拯救国家的重任。

这个故事奇点被我隐藏在小说后半部。

我被《江格尔》触动，是"人人活在二十五岁青春"这句诗。在那个说什么就是什么的史诗年代，人的世界有什么没有什么，都取决于想象和说出。想象和说出是一种绝对的能力和权力。江格尔带领部落人长大到二十五岁，他们决定在这个青春年华永驻。停在二十五岁是江格尔想到并带领部落实施的一项策略，他的对手莽古斯没有想到这一层，所以他们会衰老。人一旦会衰老，就凭空多出一个致命的敌人：时间。江格尔的父亲乌仲汗是被衰老打败的，江格尔不想步其后尘。

《本巴》从一句史诗出发，想写一部关于时间的书。但我不能像史诗中的江格尔汗那样，说让时间停住时间就会停住，我得找到让时间停住的逻辑。三场游戏的出现，使我找到解决时间的方法。不断膨胀的游戏空间挤出了时间。天真成为让虚构当真的力量。我给游戏设置的开端也让这部小说的故事严丝合缝。游戏将小说从史诗背影中解脱出来，我有了在史诗尽头的时间荒野中肆意言说的自由。

《虚土》中属于一个人一生的时间荒野，在《本巴》中无边无际地敞开了。这片时间荒野上我曾被人追赶惊慌奔逃、为赌"一片树叶落向哪里"跑到一场风的尽头。如今它成为几个孩子的梦之野和游戏场。以往文字中所有的孩子，也跟赫兰、洪古尔、哈日王是同胞兄弟。他们是被梦收留的我自己。

多少年后我才意识到，我写过的所有孩子都没有长到八岁。我不让他们长大。因为"我五岁的早晨"，父亲还活着。只要我不长大到八岁，便不会失去父亲。我执拗地让时间停驻在童年。

一部小说最深层的意识有时作家也不能全知，写作中无知的意识和悟性或许最迷人，莫名其妙永远是最妙的。我垒筑在童年的时间之坝，在我六十岁时都不曾溃塌。我在心中养活一群不长大的自己，他们抵住了时间的消磨。那是属于我的心灵时间。

有一天我认出梦中追赶我的那个人，可能是长大的我自己。

我被自己的成长所追赶。一个人的成长会让自己如此恐惧。

作家最不同于他人的是与生俱来的那些东西：在母腹、

童年成长的"劫难"中获知人世经验、在一场一场的梦中学会文学表达。文学是做梦艺术。梦是培养作家的黑暗学校。把梦做到白天，将作文当做梦。梦是现实世界的另一种醒。我们在夜夜的睡眠中过着梦生活，经受梦愉悦和梦折磨。梦是封闭的牢狱，扣留童年的我们做人质，不论我们长得多么强大，梦握住我们童年的把柄。这正是梦的强大和意义。

梦是另一场劳忙。唯有漫长一生中的做梦时光，能抚慰我们劬劳的身体和心灵。唯有梦将失去的生活反转过来重新给予我们。《本巴》中乌仲汗晚年将自己的牛羊转移到梦中。老去的阿盖夫人解救出乌仲汗，老汗王梦中的牛羊，又全部回到草原上。被梦抚慰的醒，和被醒接住的梦，一样长久地铺展成我们的一生。

梦的时间属于文学。

六

文学写作是一门时间的艺术。时间首先被用作文学手段：在小说中靠时间推动故事，压缩或释放时间，用时间积累情感等，所有的文学手段都是时间手段。作家在一部作品中启始时间，泯灭时间。故事和人物情感，放置在随意捏造的时间中。时间成为工具。大多的写作只应用时间却没有写出时间。时间被荒废了。只有更高追求的写作在探究时间本质，最终呈现时间面目。

写作者在两个时间里来回劳忙。一方面，一部作品耗用作家的现实时间。《一个人的村庄》我从三十岁写到四十岁，青年到中年的生命耗在一部书中。另一方面，我也在文字的村庄中生长出无穷的时间：经受一粒虫子的最后时光，陪伴一条狗的一生，目睹作为家的房子建起、倒塌，房梁同人的腿骨一起朽坏，在一件细小事物上来回地历经生死枯荣，每一个小片段中都享尽一生。我在自己书写的事物中过了多少个一百年。

关于时间的所有知识，并不能取代我对时间的切身感受。我在黄沙梁那个被后父住旧又被我们住得更加破旧的院子，从腐朽在墙根的一截木头，从老死在草丛的无数虫子的尸体，从我每夜都想努力飞起来的梦，从一只老乌鸦的叫声，从母亲满头银发和我的两鬓白发，从我日渐老花的眼睛，我看见自己的老年到来了。

我的六十岁，无非是田野上的麦子青六十次，黄了六十次，每一次我都看见，每一年的麦子我都没有漏吃。

或许我在时间中老去，也不会知道它是什么。我徒自老去的生命只是时间的迹象和结果，并非时间。写作，使我在某一刻仿佛看见了时间，与其谋面，我在它之中又在它之外。

我在《谁的影子》中写了一个漫长的黄昏：父亲扛着铁锨，从西边的田野里走来，他的影子一摇一晃地，已经进了院子，他的妻子看见丈夫的影子进了家，招呼儿子打洗脸水，儿子朝影子尽头望，望见父亲弓着身，太阳晒旧的衣服、帽子上落着枯黄草叶，父亲的影子像一条光阴的河悠长地流淌进院子。

而他的父亲，早在多年前便已离世。

多年后我到了坐在墙根晒太阳的年龄，想到我的文字中那些不会再失去的温暖黄昏，夕阳下的老人，背靠太阳晒热的厚厚土墙，身边一条老狗相伴，人和狗，在一样的暮年里消受同一个黄昏。多少岁月流逝了，生活中极少的一些时光，被一颗心灵留住。我小时候遥望自己的老年，就像望一处迟早会走去的家乡。当我走到老年，回望童年时，又仿佛在望一处时间深处的故乡。

作家在心中积蓄足够的老与荒，去创作出地老天荒的文学时间。荒无一言，应该是文学的尽头了，文字将文字说尽，走到最后的句子停驻在时间的断崖，茫茫然。

我时常会遭遇语言的黄昏，在那个言说的世界里，天快要黑了，所有语言将停住，再无事物被语言看见，语言也看不见语言。

但总有一些时刻突然被语言照亮。我在语言照亮的时间里活下来。

作家是一种灵感状态的人。灵感降临时异于常人，突然地置身另一重时间。这便是灵感，它经常不灵，让我陷入困顿。但我知道它存在。因为它存在，我才写作。那时时间也灵光闪闪，与我所写的事物同体。我相信每个写作者都曾看见过只有在宇宙大尺度上才能目睹的时间发生与毁灭。如同一部小说的开始与终结。

宇宙大爆炸理论告诉我们,时间是被不断膨胀的空间"挤"出来的。我们每个人一生的时间也都由不断地生长所"挤"出来。生命的生长对应着宇宙膨胀,我们自母腹的膨胀中诞出,从小长大长老。每个生命都用一生演绎着那个造化我们的更大存在的一生。无数的生命膨胀坍缩之后,是宇宙的最终坍缩。在此之前,"时间还有足够的时间"让我们代复一代地生长出新的时间来。

我曾看见一张时间的脸,它是一个村庄、一片荒野、一场风、一个人的一生、无数的白天黑夜,它面对我苦笑、皱眉,它的表情最终成了我的。我听见时间关门的声音,在早晨在黄昏。某一刻我认出了时间,我喊它的名字。但我不知道它的名字。我说的时间可能不是时间。

我用每一个句子开启时间。每一场写作都往黑夜走,把天走亮。

我希望我的文字,生长出无穷的地久天长的时间。

2022.6

我若有弟子，便带他们听风，风声中有大地上所有的声音。风是天地间的大老师。听懂风声，便懂了世间所有的声音。

第二部分

木垒书院随笔

一张醒来的脸

——北京 798"大地生长艺术展"前言

在租赁的两百亩旱田坡地上,王刚创作的巨型人像渐渐刻进大地,又仿佛从深埋的黄土中浮现出来。

这是一张醒来的脸。他将一年年地跟菜籽沟村、跟前来看他的人们面对面。

菜籽沟是新疆木垒县英格堡乡的一个村庄,以前村里种油菜籽,后来不种了,菜籽依旧长得满地都是。土地上的事情就这样,你播一次种,她就会生生不息长下去。

我们也想在这个村庄播一次种。

2013年初,我们进入菜籽沟时,这个原有四百多户人家的村庄半数已空,到处是无人的空院子。有人的院子大多住两个老人,过一阵走掉一个,剩下的老人被儿女接走。

一个个老宅院荒芜、拆毁,延续百年的烟火就此中断。

这是诸多中国村庄的共同命运。村庄养活我们。乡村养育源远流长的中华文化。她自身却在衰败。

但是,菜籽沟村依然有生长的力气。这一村庄人,顽强地把古老的汉式廊房建在沟梁上,把族谱和儒教供奉在堂屋,一代代地,守着汉民族的生老病死。

村庄的景致依然如故。从北边平原,到前山丘陵,到雪线森林,大地层叠向上,万物灵秀生长,村人的生活是大地生长的一部分,曾经青绿,现已枯黄。

我们想让艺术的力量,加入这个村庄的万物生长。

我们想留住这个破旧如故乡的村庄。

我们租赁、收购那些即将倒塌拆除的老宅院,召唤艺术家们认领,做工作室。收购的最大一个院子是二十世纪六十年代的一所中学,后来成了羊圈,她现在是菜籽沟的文化中心——木垒书院。

诗人、作家、画家、设计师、媒体人们,认领了这些荒芜的宅院,也认领了一份祖先过旧的生活,认领了一个乡野中的家,和这个家中依旧敦厚温暖的中国乡村文化。

更多的人来到村里。无人知晓的菜籽沟突然间有了名气。

走掉的村民逐渐回来。他们没有想到,在他们离乡的这些年里,一群艺术家来到村里,在他们荒弃多年的旧院落里,过起另一种生活。他们扔掉的家乡,让另一些人捡回来。

王刚大地艺术是菜籽沟艺术行动的一部分。这位在黄河边、在京都做过多年大地艺术的画家，在菜籽沟找到了让艺术安稳着落的田野大地。

生长麦子、油菜，延续古老生命与文化的苍苍土地上，艺术家开始了另一场劳动。

一幅占地六十亩的巨型人头像，已经不是人。那么他是谁？在他睁开的巨大眼睛里我们又是谁？

我们造山一样的鼻子让他呼吸，造河一样宽大的嘴，把走远的人喊回来。

人们真的会回来吗？

这是一次疲劳的尝试。在这个人烟稀少的山谷，一面行将撂荒的旱田坡地上，大地艺术的命运，也跟村庄生死相系。

作品完成，只是大地艺术的第一步。这块坡地的永久属性是耕地。

造好的人像上还会继续种植麦子。

因为坡陡，农机上不去。传统的马拉犁、手撒种、镰刀收割的生产方式还会延续下去。

一块造出鼻子、眼睛和嘴的土地，或许依旧不能看见和说出什么。

土地上的事情，依旧深埋在无尽的白天黑夜里。一张醒来的脸，还会昏然睡去。

睡着和醒来，本来就是土地上最平常永远的事。

2016.8.14

木垒书院

每个字都
孤悬如梦

—— 漫谈书法

"有些事,不干也就没有了。干起来一辈子干不完。"

我用毛笔抄自己的句子,写成条幅挂起来。这些散文里的长短句,因此有了不一样的意义。写成书法的句子脱离开书,脱离开原来的文章,独立成一幅作品。

写毛笔字这件事,不知不觉已经干了几十年。写作之余,写几笔书法,似乎也跟写作有关系。写作是用字,千万字地用,多少字被反复用坏、用烂,用得没了知觉味道。写书法则是养字,一笔一画、恭恭敬敬地写,字单独地摆在纸上,挂在墙上,有被供养的意思。写作的人尤其要养字。既要跟字熟,心有灵犀。又要跟字生,保持一个敬的距离。不是你认得字,字认得你了,写起来才灵性。

以前喜欢读字,看字典。书读厌了读字,字字是书。

觉得读《词典》《词源》,都不如读字典过瘾。字一旦组成词，就仿佛被逮住降伏了。单个的字都是野的，独立于天荒地老中，像一个个孤悬的梦。每个字都自成一个世界。

用字作文的人，有能力唤醒那些字，让字活起来，生出意想不到的意思。古人早已让有限的汉字生出无限的意义。但是那些字远未被用到头，每个字都有远方，都孤悬如梦。

单独读一个字，读久了会出神，觉得字也在看你，你看懂了字，字也看透了你。你所在所知的世界，就在这些字里。

读字改为读帖，是写毛笔字之后的事。从欣赏一幅字、一个字，到细读一笔一画。读得更细、更具体也更抽象。

曾经细读过楼兰出土的木简文书，不是做研究，只是喜欢那些残片上的毛笔字。文书多为戍边吏士所写，从边关写往内地，有公文，有家书，都未来得及寄出，便突然被黄沙封埋。残片上的每个字都像在赶路，茫茫黄沙路，漫漫戈壁路，遥遥边关路，那些被风刮歪但自有趣味筋骨的字，凛然大义的字，匆忙但又不失章法风度的字，穿越了两千年岁月，木简草纸未腐，墨色未退，笔画未丢。对我而言，文字的内容或许已不重要，书写内容的毛笔字成为一种单独的表述，它在一笔一画的笔墨中传递给我的，远比字义更多更永恒。

古代新疆也是汉语的远方和末梢地区，有数十种语言文字在这里集聚。库车出土的"汉龟二体钱"，便是汉语和印欧语系的龟兹语，在同一枚古钱币上的相遇。楼兰文书中的汉字却没有一丝末梢之感，它更像是一个汉字书法艺术的中心，那个时代流行的隶书、行隶、草隶、楷隶、章草、行草、行楷等书体，都出现在文书中，堆放一处。可想一个小小楼兰国里，聚集了多少书法家。他们是文人，是士兵，是将军，都写得一笔好字，都不一样。我想，从这里寄回内地的文书，也一定影响过内地的书体。就像古代边塞诗对中国诗歌的影响一样。汉字书法，也一定在大漠孤烟和长河落日中，汲取了不一样的精神气质。

我喜欢汉代之前那些处在勃勃生长期的书法。那时候，汉字的书写笔画还没有完全安排停当，或者还有许多布局的可能，每个书写者都有可能写出一种风格来。那是汉语书法成熟前最迷人的探索期，书写者对字充满了好奇、谨慎、犹豫和敬重，每一笔都认真地写，落下一笔时，下一笔的走向或全然不知，得想、犹豫，行笔速度就在想和犹豫中慢下来，笔画凝重起来。那时汉字的每一笔都有远方，都如一个初生的梦。书写者心中既有书写内容、思想情感，又有对书写文字的审美追求。这两者的完美结合，让那时遗留的断简残纸，都有了双重价值。

书法成就了一个语言的梦。它是文字之上的字，是字的神。古人所谓惜字如金，敬字如神，是说给所有写字和作文的人的。

2017.5.11

木垒书院

和草一起长老

——木垒书院西部写作营开班致辞

欢迎各位入住菜籽沟木垒书院。

书院的环境各位都看到了,一个二十世纪六十年代的旧学校,我们保留了所有能够保留的,连同这些野生的草木。

院子里的树,我们从不修枝,任其生长。修枝是人的想法,不是树的。树想长成啥样、能长成啥样,都由树。

草随地长,不铲草锄草。一棵草,只要在这个院子长出来,只要不是太影响我们——其实一棵草又会碍人的什么事呢——就会一直长到开花结果,长到青叶子变黄。第二年还会在老地方长出来。

这里虫子多,都不咬人。菜籽沟没有蚊子,只有个别几个苍蝇,都是游客带来的。

需要提醒大家的是,因为空气太洁净,随便一点味道都会被闻见。路上过一辆汽车,会有一股子尾气味道飘过来,城市全是这个味道，你闻不见了。

推门进屋，会闻见老鼠来过的味道。当然这会儿屋里没有老鼠，都在外面觅食呢。书院的猫在到处找寻它们。

你也很容易闻到自己和别人的味道。因为空气中没有其他味道，每个人的味道都会像花草之味被单个表现出来。

因为太安静，隔壁房间的私语会很清晰地传过来。不是墙不隔音，是声音太少，没有其他声音，一点声音都会凸显。

夜晚偶有狗吠，你不用担心，我们的牧羊犬月亮是最忠实的守夜者，风吹树叶的一点声响都会让它警醒。

院子里没有灯，晚上出来，稍站一会儿就不觉得黑了，夜空是亮的，有月亮和满天繁星。在夜空下站久了你也是亮的。夜并不黑。

这是书院的环境，你喜欢这些繁茂大树、喜欢遍地花草、喜欢一早一晚的阵阵虫鸣，你就得接受树叶草丛里的虫子，它们有时候会爬进屋里，爬到你身上，都不咬人，不用拿巴掌拍，一拍，虫子会自卫放出臭味。虫子只是一只只地往秋天爬，偶然路过你的手臂，可能留下一点瘙痒，一会儿就没感觉了。

玻璃天顶上常年落有尘土和落叶，都不脏。自然界没有脏东西。

床头屋角的蜘蛛网，是去年前年结的，蜘蛛也是去年前年的那只，一直守在那里。我们没有打扰它，它也不会打扰你。

从窗户门缝飞进爬出的虫子，都是客人。它们也是这里的主人。

我们选择在这里做书院，是选择了跟这里的万物一起生活，与虫共鸣，和草木同青共老，在星空月光下安睡入梦，又像草木返青一样欣然醒来。

对于这个院子，我们是贸然的新来者。榆树、杨树都是长辈。草和虫鸟，都是这里的先祖。我们能做的，只是尊敬、爱护、不轻易扰动。

书院的这几间旧宿舍和教室，是二十世纪六十年代的建筑，我们只做了保护性的加固改造，让它原样保存下去。几十年来一批批的学子从这里出去，我们为他们也为后人保留下这份记忆。

相信你们在此短暂的停留，也会被自己和所见的一切铭记。

草木有情，尘土有灵。万物相互记忆，并不会彼此忘记。当你记住一只小虫子的鸣叫时，这声音也已经记住了你。

2017.7.15

木垒书院

一只像作家的狗

——散文研讨会发言

作家有两种状态，第一种状态是人的状态，第二种状态是作家的状态。当作家是人的状态时，是农民、工人，是官员、知识分子，是男人、女人、丈夫或妻子。但是进入作家状态的时候，他是一种完整的、独立的个体。是人状态时，作家是这个社会的一员。是作家状态的时候，他将自己放在社会的对面，社会是社会，我是我。这是一个作家状态。

作家是有灵感的人。灵感来时是作家状态，没灵感时就是一个平常人。

作家的状态让我想到乡下的狗。或者说乡下的狗具备一个作家的状态。

有过乡村经验的人都知道，乡下的狗是没有狗食的，狗要自己找食吃，喂猪的时候，狗抢着吃一口，喂鸡的时候，狗抢着吃半嘴。更多的时候，狗溜墙根寻食，以我们认为的最肮脏之物果腹，这就是白天的狗。

但是，到了夜晚，月亮升起来，人们睡着的时候，乡下的狗蹲在草垛上，蹲在房顶上，用舌头舔净自己的爪子，梳理好自己的皮毛，然后，腰伸直，脖子朝上，头对着月亮，汪汪地叫，这时候的狗截然不同于白天的狗。

人们只看到白天在墙根找屎吃的狗，为一根骨头低眉顺眼摇尾乞食的狗，很少看到在夜深人静时对着天空，对着月亮，汪汪吠叫的狗。这时候的狗像是突然从人世中脱离出来，它不再为一口狗食而叫，不为它的主人而叫，不为院子里一点动静而叫，它的眼睛望着茫茫星空，嘴对着高远皎洁的月亮，这时候的狗高贵而自尊，它的吠叫中没有任何恩怨，那声音像吟诵像祈祷。

我在乡下那些年，曾多少次在这样的狗吠声里醒来，也曾静悄悄站在对月吠叫的家狗后面，仰头望它所望的星空。在那里，它的眼睛专情地看着月亮，嘴对着月亮，汪汪的声音传向月亮，仿佛月亮上也有声音传来，灵敏的狗耳朵一定能听见。但我不能。我这只人的耳朵，只能听见狗对月亮的吠叫，却听不到月亮对狗的呼喊。我相信狗是从月亮上来的。白天，我们在土里忙碌，它在地上寻食。天一黑，我们在低矮的床铺上睡着、做梦，它爬上高高的草垛望月亮。

那一刻，如果我咳嗽一声，狗会马上停住吠叫跑过来，对我摇尾示好。但我确实不想用一声主人的咳嗽，把它唤回到人间。

我喜欢这种状态里的狗。尽管我更需要一只看门狗、见了主人摇尾巴的狗、睁大眼睛竖起耳朵守夜的狗。

但我仍然需要一只放下人世的一切对月长吠的狗。我在狗那里看见了我自己。

那是一只像作家的狗。或者说，作家本应该发出这样的声音，在长夜里，独自醒来，对月长吠。

2015.9

等太阳从
西边升起

——《散文选刊》刊首语

我在老教室的南边加盖了阳光房。最初的想法是盖一间通体透亮的玻璃房子,冬天四周皑皑白雪,屋里暖洋洋。秋日看树叶一层层落在玻璃屋顶,被风吹走再吹回来。半夜醒来,头顶是小时候熟悉的满天繁星,那些星星也能看见黑暗大地上仰躺的我,在瞪一对明亮眼睛看她们。唯一不能的就是让地面也透明,能看见屋子下面的土壤和砂石,看见深扎土里的树根。我们在墙根挖管沟时遇见过那几棵大树的根须,它们密密麻麻穿过房子下面的土地,整个房子被树从底下抱起来,又在上面呵护住。

现在我坐在去年建的玻璃房子里,写更远年月的事情。我面朝南坐写一段文字,额头晒热了又转移到桌子对面,背朝南坐写一阵,让脊背和后脑勺晒热。后脑勺晒热后脑子里的想法变了,情绪也变了,文字朝另外的方向走,我又坐回去，想点别的事情让文字停住。我喜欢看文字停住的样子，写到中途我忙别的事了，睡觉前打开电脑，看一眼停在那里的文字，并不去往下写。每天打开电脑看一眼，就像每天去菜地看那些禾苗的生长，停下来的文字也在长，好多天后的一个下午，她长成了。

山里的一天比外面短一截子。一抬头日已西斜。黄昏适合写诗。我已多年不写诗。看着一个一个黄昏从眼前过去，有时来情绪了也不写诗，只是让太阳一日日地去落。

总是会有一个黄昏的日头落不下去，久久地悬在漫天云霞里。会有落到山后的夕阳又升起来。是的，我一直等待太阳从西边升起，逝去的生命又重新回来。我等了多年。当远去的日子变成诗，回来的岁月就成了散文。我在自己的文字里又活了一回。

我又找到写《一个人的村庄》时的感觉，仿佛头伸到云里，脑子空空地刮着一场风。全是早年的声音。在四周水一样漫上又落下的层层虫鸣里，我听见一生里所有的琐碎事情。

上午写一会儿字，出去干点活儿。夏天种菜冬天扫雪，秋天挖洋芋、编筐子。每年秋天我编一个筐子，有时编两个。写作是脑子的梦想，我不能因为她把身体和手艺荒了。

下午在路上遇一村民，要跟我说个事。我说你说。他说要坐下跟我说。我知道他有要紧的事情要说。散文也是坐下来说话。坐在地上望着天说话。人坐下来时，头在肩膀上就搁稳了。我正在写《菜籽沟：土地上的睡着和醒来》。是用散文写一部书,而不是写一篇散文。在这部书里,一个村庄的太阳会从西边升起。

2016.3.11
木垒书院

读博尔赫斯

朋友约我写一点博尔赫斯的文字。我想不清楚这个人。我读他的文字时,也没读出一个叫博尔赫斯的人。一个作家,和他文字的关系,已经结束。

读博尔赫斯,是好几年前的事了,三卷本的全集,几乎读完了。诗歌部分看了两遍。我更喜欢他的诗歌。小说当然也好,短短的千字文,适合我的耐心。博尔赫斯说自己懒,没耐心写长篇。说短篇可以创造统一的美。算一种说法吧。其实我也没耐心读长篇。因为有他的诗歌,那些小短篇也显长了,读到后来也觉烦躁。倒希望他把这些片段写成一部长篇,让人一口气读完。但又好像不可能,因为这些片段是博尔赫斯在其漫长一生中,分多少口气才写完的。他没有给自己留下写一部长篇的生命时间,尽管他活了足够的长寿:八十七岁。但对于完成一部巨著长篇,这个寿命也显得短了。

我认为一个作家要有诗歌,就不用看他的短篇小说了。(阅读偷懒的最好办法是读诗歌。在一句诗歌中获得的,可能胜于数部长篇。)有短篇,就不用看长篇了。可惜好多有长篇巨著的作家没有诗歌作品,那是一开始就有堆砌文学巨塔野心的作家,不会早早以诗歌把他的黄金塔尖呈现给读者。对这样的作家,阅读是别无选择的。可惜这样的作家太少了。

博尔赫斯把他的黄金塔尖,单独地耸立在诗歌中。那些长度尺寸、质地都似曾相识的短篇,只是一座文学巨塔的贵重材料。今天,光这些零碎的材料就让我们目瞪口呆。如果再有足够的生命,博尔赫斯可能会把这个巨塔垒起来。也可能依旧不能。当他说自己懒不愿写长篇的时候,他也许已经知道再勤快也忙不过来。一部文学巨著,应该是几代人的事情。几代人准备材料,等待他们中间的另一个人去完成。我们看到的绝大多数作家,都是材料型作家,他们的作品只是一大堆无价值的材料。只有在个别作家的材料中,有一两块可做巨塔的砖瓦。至于那个黄金塔尖,几乎是天赐了,一万个平庸作家的闪光点,也不能聚成一座文学巨塔的顶尖。

博尔赫斯让我们看见文学的能与不能,看见一个人即使生活在人类知识与智慧的图书馆里,像他本人一样,也只能在这个材料库里,添加一些另类特别的材料。

博尔赫斯尝试了一种写作可能——看到人类千百年来的智慧和精神准备,对一个作家有多少用处。他不认为这些准备是对他的。他可能有过建一座文学巨塔的野心,他早早在诗歌中呈现了自己的黄金塔尖,但这座巨塔一直没垒起来。失明也许是一个原因。对于博尔赫斯,八十七岁的寿命还是短暂了。还需要多少个这样的岁月,博尔赫斯告诉我们,在人类已有精神的材料库里,再扔一块砖头都是困难的,更别说建一座塔。读懂博尔赫斯,也就读懂作家了。

但是,博尔赫斯或许不知道,还有另外一种写作可能,在图书馆之外,靠一颗灵通之心,和隐秘的传承,凭空造出文学的通天塔。这几乎没有人相信。

2012

一本书回到家乡

《捎话》2018年底出版,今天是第一次在新疆和读者见面,也算是捎话回家。一本书回到家乡,书中那些故事,回到它的发生地。当然,那些故事不会发生在大地上,它只会发生在写作者的心中。

但是,组成这个故事的所有元素,是新疆的,可以真实触摸到,那一场场的风、天上落着的尘土、比别处晚黑的长夜、需要翻译的人的语言和不需要翻译的驴的鸣叫、参与战争的鸡鸣狗吠、带着生命余温的鬼魂、被砍了头的白杨树、沙漠落日和漫漫戈壁路,这些都是新疆的。

还有我——讲故事的人,也是在新疆漫长的西风中出生长大,眼睛和呼吸里,落了太多的沙子。在这本书中,从头到尾弥漫在文字间的沙尘,是写作者心中经年的累积。它的风声早已把一个人吹刮成这样。这个地方的时间岁月,造就出看见它的眼睛和听见它的耳朵。所有这些，都是一本书和一个地方的关系。它的千年里发生的一切，生长成了一个人的内心往事。

《捎话》写的是一千年前一头驴和一个人的故事，也是两个城邦之国间的战争故事。但它不是写历史。它是历史在一个人心中的惊魂未定。相信那些来自历史深处的喊杀声，也会让今天的人们彻夜不眠。

一个地方的历史就像沉睡在地面的沙尘，一有风吹草动，它便会弥漫天空。历史并没有真正安静。我们每个人都不仅仅活在今天，也活在历史中。历史从来没有过去。我们今天的生活，只是那些发生在历史中的一个个事件的结果。

在天池景区有一片西王母蟠桃园，传说那园里的蟠桃树，有三千年一开花结果的，也有一千年一开花结果的，还有百年一开花结果的。我想，一个地方的历史，就像西王母的蟠桃树，它在百年千年前的一次开花，结成了后来的现实之果。

正如有了两千年前汉代对匈奴作战的胜利，西域从此归入中华版图。这是中华文明在西域的一次盛大开花。今天的新疆，作为中国不可分割的一部分，正是这段历史的一个遥远结果。自此之后，大唐对西域的强势管理，丝绸之路在西域和中原间的兴盛畅通，以及清代再次收复新疆并建省，以及新疆和平解放，等等。哪一段历史都跟我们今天的生活密不可分。当然，也包括公元1006年，信仰伊斯兰教的喀喇汗王朝用武力征服信仰佛教的于阗国，新疆从此进入伊斯兰化过程。而其时，佛教已在新疆驻留一千年，完成了从西域向内地广远传播。现在遍布南北疆的佛窟遗址，便是这一历史的见证。而散落在喀什和于阗之间的众多麻扎遗迹，则是那场旷日持久的信仰之争留下的惨痛记忆。这也是《捎话》的历史背景。新中国成立后，长达七十年宝贵的安宁和平，似乎在抚平那些难言的过去记忆。但是，历史并未真正安静。我们依然活在这些历史事件的影响与结果中。有些历史，会一再地重演。

《捎话》没有直接去写历史。我知道那段历史的敏感性。我们今天处理敏感历史的方式是简单的回避，让它永远沉睡或被遗忘。但是，历史不会被选择性地遗忘掉。总会有人往历史深处去找寻今天的答案，那里发生的一个个惊心动魄的事件，会积累在写作者心中，变成一个人的痛苦和惊恐。将一个地方的历史记忆，变成作家的心灵往事。这是文学对历史的参与和叙述。

今天，这本叫《捎话》的书，回到家乡，回到故事的发生地，回到一样在这块土地上感受历史和今天的人们中间。就像一场梦游，回到那个做梦的枕头上。但这并不让人更加踏实。那些从时间深处捎来的话，还须走很远的路，我们都是捎话人，和那些话同在路上。

2019.7.17

乌鲁木齐有书空间《捎话》品读会发言整理

夜已经深了

——嵩山十方参学木垒书院记

菜籽沟晚上冷，从天黑冷到天亮。

鸡六点叫，这时候是后半夜。头遍鸡叫完，再睡一觉。第二遍鸡叫是七点，叫完再睡一觉。第三遍鸡叫八点，天就大亮了。我一般九点钟起床，醒来在床上闲躺一阵，过渡一下。一晚上做了些梦，也要想想吧。

夜已经深了，虫子和鸡都睡了，人因为喝了点酒还在喧嚣。狗没睡，在屋外候着。人吃肉，狗啃骨头。狗应该也知道人这么喧闹肯定有事情。

书院不用餐巾纸。餐前洗手。吃饭时最好拿舌头清理嘴唇。这个小孩都会，最卫生。然后用左手背擦嘴，再用右手把左手擦干净。左手因为用得少，相对干净。右手要握手、拿东西，所以不洁。

我不喜欢喝了酒谈文学。不喝酒都谈不清楚的，喝了酒能谈清楚吗？我也不在喝酒后写作。以前喜欢酒后写字，早晨清醒一看，太夸张了。

一个人能吃多少食物，定量都在自己的手上。手掌大一块肉，肯定就够吃好了。一只手掌捧起的米饭，两只手掌捧起的炒菜，加一起便是你的午餐饭量。

我妈经常跟我说，吃个半饱就行了。半饱是多少呢？吃了几十年饭，我们都不知道自己的饭量。吃饭的嘴和说话的嘴，是同一张没数的嘴。

我年轻时有人问我，那么早形成自己的写作风格，是怎么形成的？我说，是我家乡的风吹的。风把我的脑子吹成这样，说话和想事情，都不一样了。

现在我不会这么说，年轻时可以漫无边际地去说话。但是，慢慢你就知道自己是怎么回事了。你家乡的一场风，把多少人刮成偏头疼，他们怎么没成为作家？肯定是这场风之外，内心还有另一场风——你上的学，读的书，长的见识——那是古今人类智慧的风，刮到你这里，使你有别于他人。

要认传统。我年龄大，知道我在传统里，哪怕我是再有独特风格的作家,我都会说我是在传统里,我没超越人类文学艺术的大传统。传统是一脉气息,只是这文脉在你身上不曾中断,延续成另一样气派。

我老了以后,就在书院讲学。不是备一门课,让一百个学生去听,那是养猪。育人还是一对一好,你聊与不聊,说与不说,气息相投情怀相近,随便一言一行一举,什么课都不讲,学生有所领悟,懂得了,这叫教育。一百个耳朵在听,你滔滔不绝讲,那叫饲养。

我喜欢坐在一个地方,有一两个学生,随便地讲几句,或不讲,脑子空荡荡地刮着风。

你讲一句,有一个学生领悟,你就成老师了。古人讲心照不宣。那是多么美妙的教育啊。

我若有弟子,便带他们听风,风声中有大地上所有的声音。风是天地间的大老师。听懂风声,便懂了世间所有的声音。

作家怎么可能靠灵感去写作呢!你在那等灵感,等一年半载不来,等到五十岁还不来,不啥都耽误了吗?

必须把灵感变成自己的常态,时刻都有。那个跟自然万物接通的心灵之窗,要时刻开着。世上万千路,我与世界却只有一条心灵通途。

这么说吧,我从小到大,村里牲口比人多,我跟牲口处的时间比跟人处的多，村民拿牲口骂人，但它们在我的话语系统中半个脏字都没有，一点不儒雅的东西都没有。我写驴都"黑而不脏""放荡却不下流"。

我对脏话的理解是这样的，当全社会都讲脏话的时候，文人要自洁，用干干净净的语言说话。当全社会的语言都干净时，文人要把脏话捡回来。脏话是最过瘾的话，谁不想说脏话呢？

魏晋那时候的士风，文人见面学驴叫，不说人话。说人话多不过瘾，之乎者也的。学驴叫多痛快，豪气冲天，一鸣惊人。

那时候马要打仗，牛要耕地，留给文人的只有毛驴，骑驴探花。

文人也喜欢毛驴，驴有犟脾气，拉着不走，打着后退。魏晋文人也都是犟驴脾气。他们追求那种精神状态。谁不想那样啊？得有一个时代让你那样才行。

我年轻时学过木匠，编过筐子，织毛衣我也会。这个盛苹果的筐子就是我编的。每年秋天，树枝长老时，我抽空编一个筐子。得大半天时间。先去找做筐把子的树枝，弯好放着。再削树条，长短粗细均匀，这样编出的筐才好看。我编的筐大都让人拿去收藏了，只留下这个。

年轻人有未来，老年人有往事，在时间的两个方向上，我们获得了生命的双重意义。我们匆匆忙忙往前走，但那些往事会回来。我相信人的灵魂长在后脑勺上，人往前走，魂朝后看。

文学艺术是人类的往事，是眼睛朝后的魂所看见的。

开始写作时，仿佛进入往事通道，回到更有价值的事情面前，在层叠的时间中打捞出那些文字。

2017.10